Liebe Leserin, lieber Leser,

so gerne ich meine Mundart-Krimis schreibe – und ich schreibe sie ausnehmend gerne –, wissen Sie, was mir am schwersten fällt? Mir ein Verbrechen auszudenken, einen Mord zu konstruieren. Weit mehr interessieren mich Sprache, Typen, Milieustudien.

Nun herrscht ja in Buch, Film und Fernsehen wahrlich kein Mangel an Untaten; man hat das Gefühl, auf sieben unbescholtene Bürger kommt mittlerweile ein Serienkiller. Braucht es das? Geht es nicht auch anders?
Ich habe mich dieses Mal daran gemacht, einen Krimi zu fabrizieren, der ohne diese Basis auskommt. Es gibt in diesem fünften Fall keine Leiche. Warten Sie also nicht vergebens.

Gleichwohl müssen mein Kommissar Günda und sein Assistent Fritjof Freese selbstverständlich wieder Rätsel lösen, die ihnen das menschliche Zusammenleben aufgibt. Und wir wissen doch alle, die sind bisweilen nicht minder kniffelig.

Glickerbach war in Bewegung. Das beschauliche Städtchen inmitten der Kurpfalz schickte sich an, eine Vorreiterrolle in der Metropolregion zu übernehmen: *Glickerbach wird Fahrradstadt.* So lautete der Titel einer Kampagne, hinter der ein Beschluss des Gemeinderates stand, der mit breiter Mehrheit quer durch die Fraktionen gefällt worden war. 200 Jahre Fahrrad, das feiere man allerorten, in Glickerbach jedoch wolle man dem Jubiläum zukunftsweisende Taten folgen lassen. Solches verhieß die vollmundige Ankündigung im Gemeindeblatt.

Altstadtrat Uwe Schmidtke war es gewesen, der den Anstoß für die groß angelegte Aktion gegeben hatte. „Dea hot des uffgebrocht“, hatte es anerkennend seitens des Bürgermeisters in der wie immer schwach besuchten öffentlichen Gemeinderatssitzung geheißen, die das Thema behandelt hatte. Schmidtke, aufgewachsen in Glickerbach, war in seiner Jugend Radsportler, die Älteren erinnerten sich vage, und man sah ihn immer noch häufig auf dem Fahrrad, seit einigen Jahren allerdings vermehrt auf einem E-Bike. Was sein Fahrtempo nicht unbeträchtlich erhöht hatte.

Er hatte auf Nachfrage eine beachtliche Größenordnung finanzieller Förderung dank seiner guten Verbindungen zu Politik, Wirtschaft und Verbänden in Aussicht gestellt. Voraussetzung für die Zuteilung von solchen Geldern sei einzig das Bekenntnis zur Fahrradstadt per Gemeinderatsbeschluss. Die Umsetzung, die Planung der einzelnen Projekte könne man einem Ausschuss überantworten, dem er gerne – „Sebvaständlisch!“ – beratend zur Seite stehe. Hinsichtlich der Art der Projekte seien der Phantasie keine Grenzen gesetzt.

In der Presse wurde Glickerbach für seine Proklamation gefeiert, der Bürgermeister musste etliche Interviews geben, sogar im Kurpfalzradio. Stets begleitet von Altstadtrat Uwe Schmidtke:

„A, sebvaständlisch!"
Auf die Frage, welche Aktionen denn konkret geplant seien, gab man sich vielsagend bedeckt: „Guggemamol…"

Indes, die Projektsuche für die Fahrradstadt erwies sich als unerwartet schwierig.
Gleich der erste Gedanke, alle Bediensteten im Rathaus mit Fahrrädern auszustatten, stieß im Ausschuss auf Skepsis.
„Un wu solle die dann mim Fahrrad rumjoggle? Im Roothaus drin?"
„Nää, du Dabbes, draus nadierlisch."

Der Ton solcher Debatten könnte für einen Außenstehenden unangemessen wirken, war jedoch in seiner Unverblümtheit von typischer Glickerbacher Herzlichkeit bestimmt, auch dem einen oder anderen Getränk geschuldet. Die Sitzungen fanden im Roten Ochsen statt.

„Draus? Hä? Priffaht am End? Des geht awwa net. Kummt net in Frooch."
„Nää, roin dinstlisch."
„A, wu misse die schun hie, die Sseggl vum Roothaus?"
„Was weeßn isch, mol zu de Feiawea, mol ind Schul. Mol zu de Dauwezischda[1]."
„Des bissl, des kenne die ruisch laafe. Des dud denne aa mol guud."

Der Vorschlag, ausgesuchte Mitarbeiter in den Genuss eines Dienstfahrrades kommen zu lassen, scheiterte am regelmäßigen Veto einzelner Ausschussmitglieder: „Dea? Uff kähn Fall!", „Wenn dea, dann die net!" beziehungsweise „Wenn dea, dann die uff jedn Fall aa!"

---

[1] Taubenzüchter

Schließlich einigte man sich für den Anfang auf ein repräsentatives Dienstfahrrad für den Bürgermeister Gert Schneider. Bis Radexperte Schmidtke zu bedenken gab, seines Wissens habe Schneider das letzte Mal auf einem Fahrrad gesessen nach dem Gewinn der Fußballweltmeisterschaft 1990. Und selbst das nur kurz und mit Hilfe anderer, „die dänn druff glupft[2] hawwe“. Am erstbesten Bürgersteig habe das Schwanken ein jähes Ende gehabt, es habe ihn infolge beträchtlichen Alkoholkonsums „zalegt, awwa voll“. Er gehe davon aus, Schneider könne dementsprechend mangels Fahrpraxis sein Fahrrad bei entsprechenden Anlässen nicht fahren, sondern allenfalls schieben.

So ein Fahrrad, ergänzte ein Nebensitzer bedeutungsschwer, das sei ja ohnehin kein repräsentatives Gefährt für einen Bürgermeister.

„Wea sacht des?“

„Demm sei Fraa.“

„Des kannischma voastelle.“

„Un wie wäas mim Tandem fa die zwee? Fa denn un fa sei Orschel[3]?“

„Des wäas! Dea nadierlisch hinnedruff, un die muss vornne als trepple[4].“

Ein Vorschlag, der zur fortgeschrittenen Stunde am Stammtisch im Roten Ochsen ventiliert wurde und zu einer ersten Vertagung des Gremiums durch die Wirtin, Marion Helche, führte: „Männas! Feiaoowett!“

In der Folgesitzung wurde die Idee, jedem Glickerbacher eine Prämie zu zahlen, sofern er sein altes Fahrrad bei der Stadt abgebe, um ein neues zu kaufen, lange favorisiert. Bis es an die

---

[2] gehoben

[3] linkische Frau

[4] kräftig in die Pedale treten

Regelung der Detailfragen ging. Hier setzte sich der Gedanke durch, das Altrad müsse zumindest fahrtüchtig sein, um auszuschließen, „dass die Leit ian gonze Schrott voabeibringe un aa noch Geld defoa hawwe wolle".

Doch wann konnte ein Fahrrad noch als fahrtüchtig gelten?
„Wenns än Bladde hot?"
„Hajo."
„Un zwee?"
„Wisso net?"
„Un än Achda?"
„Klaro. Außa beim Klapprad."
„Wisso, isch hab aa noch ähns."
„Isch weeß. Eewe drum."
„Hä, wisso?"
„Klapprad, isch bitt disch! Des, des is doch kä Fahrrad, des is ä Zumudung. Schun obdisch."
„Moment, mei Klapprad, des hot soggaa ä Gongschaldung."
„Isch weeß, Lealauf un rickwärtts, stimmts?"

So wurde auch dieser Gedanke mangels Konsensfähigkeit verworfen. Schließlich hatte Uwe Schmidtke die rettende Idee:
„Isch habs: Radweg."
„Radweg? Wu noo?"
„Was weeßn isch."
„Fußheim[5]?"
„Zum Beispiel."
„A, wea willen do hie?"
„Un wenn, donn misse die des in Fußheim zahle, dass des mol klaa is."
„Gönau!"
„Do sachsch du was."

---

[5] Glickerbachs Nachbarstadt, 3 km entfernt – und doch eine andere Welt

„Nää, gonz äfach: Radweg doo bei uns. Im Ortt. In Gliggabach."
„Des isses."
„Ube[6], du hoschs!"
„Des is die Idee!"

Die Beschlussfassung des Gemeinderates war reine Formsache, es herrschte wiederum große Einigkeit. Die Presse reagierte noch euphorischer, erste überregionale Medien wurden aufmerksam, und auch die Glickerbacher zeigten sich durch die Bank begeistert von ihrer Vorreiterrolle in Sachen Fahrrad und Mobilität. Das Bauamt wurde beauftragt, ein umfassendes Radwegenetz auszuarbeiten, wie und wo man am besten bei den bestehenden Straßen Platz dafür abzwacken konnte. Alle waren begeistert, keine aufwendigen Baumaßnahmen, keine teuren Investitionen, lediglich ein paar Markierungsarbeiten sowie entsprechende Verkehrsschilder. Dafür Imagegewinn und eine stattliche Förderung. Ein lohnenswertes Projekt, das auch noch Geld in die Stadtkasse spülte.
„Obdimaal!"

Der Weg zur Fahrradstadt Glickerbach schien schnurstracks und schnörkellos. Bis Bernd Lipsky, ebenfalls verdienter Altstadtrat, bei der nächsten öffentlichen Gemeinderatssitzung mit seinem fragenden Einwurf eine unerwartete Lawine des Zweifelns lostrat:
„Radweg? Mooment! Welli Strooß[7]? Meini etwa aa? Odda, odda? Hä?"

---

[6] je nach Sprecherstimmung kann aus einem w ein b werden
[7] Welche Straße?

„Was haben Sie denn da hinter Ihrem Rücken?"
Fritjof Freese nahm sein Gegenüber scharf ins Visier.
„Hä?"
„Da steht doch etwas, ich sehe das doch. Sie brauchen sich keine Mühe mehr zu geben, es zu verdecken."
Der Mann tat einen Schritt zur Seite und deutete auf ein aschgraues, eimerartiges Behältnis.
„Mähne Sie des doo?"
„Ja, genau. Raus mit der Sprache: Was ist da drin?"
„Doo? Dinga[8]."
„Aha. Und Sie meinen, mit einer solchen Auskunft können Sie mich abspeisen?"
Er lachte mit einem Anflug von Gehässigkeit.
„Und was kann man damit machen?"
„A dinge."
„Was Sie nicht sagen!"

Freese seufzte. Dass er sich damit überhaupt herumschlagen musste! Auslöser dieser ungemein drögen Ermittlungsarbeit war ein anonymer Hinweis gewesen, auf diesem etwas heruntergekommenen Bauernhof würden Drogen angebaut. Eigentlich nichts, wofür ein hochqualifizierter Mann wie er zuständig wäre, aber es kam gelegentlich vor, dass sie es nicht nur mit Kapitalverbrechen zu tun hatten, sondern eben auch mit alltäglichen Bagatelldelikten. Kommissar Günda hatte Freese eindringlich gebeten, solcherlei Fallgestaltungen nicht gleich an die Zentrale zu verweisen.
„Damit mia was zum du hawwe."
„Aber dafür gibt es doch Spezialabteilungen."
„Hea mol, Freese, sei doch froh, wenn bei uns nix Schlimmares bassiat."
„Das bin ich, Tschief, das bin ich."

---

[8] Dünger

„Awwa Freese, des is jo gönau des Probblähm. Wenn des efdas voakummt, dass mia nix zum du hawwe, dann mache die uns unsan schääne Lade discht. Un desdaweje deedisch mol saache, mia sin ab soffortt zustännisch fa alles do bei uns in de Reggioon. S heeßt jo schließlisch aa Sokodo, bessa gsacht: Soo-koo-doo."

Diese Bedrohung nahm Freese durchaus ernst. Er wusste, dass es nicht wenige gab, denen ihre einzigartige Spezialabteilung ein Dorn im Auge war. Kommissar Günda, aus deren Sicht längst ein Auslaufmodell, hätte dort idealerweise lediglich ein unauffälliges Nischendasein fristen sollen, fein isoliert, in der Provinz, fern den Metropolen, weitab vom wirklich Wichtigen. Seine Kommissarskarriere sollte dort heimlich, still und leise ihr Ende finden. Zu unbequem war er geworden, ließ sich nichts sagen, schon gar nicht von den neuen Entscheidungsträgern, allesamt jünger als er, durch die Bank *Voanehmspreschla*, wie er sie nannte. Für die war er schon deshalb nicht ernst zu nehmen, weil er immer und überall konsequent Dialekt sprach. Doch sie hatten ihn unterschätzt, seine Hartnäckigkeit, aber auch seine kriminalistischen Fähigkeiten, die ihm ein ums andere Mal Erfolge bescherten und die *vun denne Hannebambl do drowwe* zähneknirschend anerkannt werden mussten.

Freese wusste, man hatte durchaus darauf gesetzt, dass ein junger, ehrgeiziger und insbesondere norddeutscher Assistent wie er Kommissar Günda zur Räson bringen, ihm vor Augen führen würde, dass die Ära der hemdsärmeligen Dialektsprecher zu Ende war. Stattdessen hatte man wohl oder übel zur Kenntnis zu nehmen, dass sich die beiden nach anfänglichen Schwierigkeiten flugs zu einem überaus funktionsfähigen Team entwickelt hatten. *De Tschief un soin Frischling*, wie es nicht nur in Glickerbach hieß.

Freese konnte sich keinen besseren Chef wünschen. Man musste ihn eben nehmen, wie er war, aber das gelang ihm immer besser. Und auch ihren etwas ungewöhnlichen Arbeitsplatz, das Nebenzimmer vom Roten Ochsen in Glickerbach, hatte er längst zu schätzen gelernt.

War er zu Beginn seiner Karriere unbedingt darauf erpicht, in der Hierarchie aufzusteigen, so hatte er dank Kommissar Günda gelernt, dass Unabhängigkeit ein mindestens ebenso wichtiges Gut war. Und wo genösse man wohl mehr Unabhängigkeit als in der Sokodo? Das aufzugeben, das konnte sich Freese nicht mehr vorstellen. So sehr ihn das immer noch gelegentlich erstaunte.

Die endgültige Anerkennung seines Chefs hatte Freese erfahren, als der hatte durchblicken lassen, er könne sich durchaus vorstellen, dass sein Assistent später die Sokodo übernähme. Natürlich nur, sofern er noch gehörig sprachlich an sich arbeite: „Iiwe, iiwe, iiwe!“

Aber bis dahin war es zum Glück noch ein Weilchen hin, denn so ganz fühlte sich Freese den Herausforderungen der Region noch nicht gewachsen. Das spürte er bei jeder Ermittlung, die er selbstständig vornahm, aber ganz besonders jetzt, da er tatsächlich in der Sokodo auf sich allein gestellt war. Denn Kommissar Günda befand sich im Urlaub. Nicht etwa daheim, jederzeit auf dem Sprung ins *Birroo*, wie man ihn kannte, nein, er unternahm gerade eine längere Reise.

Und so machte sich Freese eben ganz im Sinne seines Chefs daran aufzuklären, was es mit diesem mutmaßlichen Drogenbauern auf sich hatte.
„Lassen Sie mich mal sehen!“
Aufreizend langsam trat der Mann zur Seite.
„Aha. Genau wie ich dachte: ein Eimer mit einem Deckel.

Sorgfältig, geradezu hermetisch verschlossen. Damit man auch ja nicht sieht, was sich darin verbirgt."
„Hä?"
„Ich frage Sie ein letztes Mal: Was ist da drin?"
„A, Dinga."
Freese fühlte sich herausgefordert. *Wollen wir doch mal sehen, wer hier den längeren Atem hat.*
„Und was kann man damit machen?"
„Dinge."
„Das sagten Sie bereits. So kommen wir nicht weiter. Genauer! Was zum Beispiel?"
„Pff. Ach Gott, wie willischn saache: im Grund alles."
„Und wenn ich Sie jetzt bitten würde, den Deckel zu öffnen?"
„Liewa net."
„Ich weiß, warum Sie das nicht wollen. Weil etwas zum Vorschein kommen würde, was ganz schön unangenehm wäre."
„Des stimmt alladings."
„Aha! Sie geben es also zu: Es befindet sich etwas darin, das wertvoller ist, als es dieser Eimer vermuten lässt."
„Hä?"
„Etwas, an dem manche Menschen ein ganz besonderes Interesse haben."
„Hm?"
„Sie haben mich schon richtig verstanden. Was manche Menschen – ich umschreibe es mal vorsichtig –, was manche Menschen gerne zu sich nehmen."
„Dinga?"
„Nun tun Sie mal nicht so unschuldig. Manche Menschen riechen gerne daran…"
„Ealisch?"
„Andere rauchen es…"
„O, geh fortt!"
„Wieder andere verbacken es am liebsten in ganz spezielle Kuchen."

„Hea uff! Fa waas?“
„Das muss ich Ihnen doch wohl nicht erklären. Na, weil es sie berauscht. Um dem Alltag zu entfliehen. Sagen Sie bloß, Sie haben das noch nie gemacht.“
„Isch? Nää.“
„Das wird ja immer besser, Sie wollen mir erklären, Sie konsumieren selber nicht, Sie handeln nur damit?“
„Handle? Nää, isch hab mia des bloß bsoiigt.“
„Na, sehen Sie. Es geht doch. Das ist sehr vernünftig. Ich kann Ihnen in Aussicht stellen, wenn Sie mit uns kooperieren, wirkt sich das strafmildernd aus. Sie haben sich das also besorgt, und Sie treffen demnächst einen Ihrer Abnehmer.“
Der Mann schüttelte den Kopf.
„Abba. Isch bring des grad naus uffs Feld.“
„Ach so. Sie deponieren also die Ware irgendwo und lassen sie dann abholen. Raffiniert. Wie viel ist denn da drin?“
„Kä Ahnung. Isch mähn zwonzisch Kilo bstimmt.“
„Verstehe ich das richtig, zwanzig Kilogramm von diesem Stoff?“
Der Mann nickte.
„Drauß im Hof hawwisch noch.“
„Ach. Noch mehr? Handelt es sich denn um reinen Stoff?“
„Hä?“
„Ist der Stoff rein, ganz rein?“
„Isch geh defu aus. Wisso? Wolle Sie aa was hawwe?“
„Ob ich davon etwas haben will? Sie wollen mir etwas geben?“
„Wisso net?“
„Vielleicht, weil es strafbar ist?“
„Ealisch?“
„Allerdings!“
„Des hawwisch jo noch nie gheat.“
„Mein lieber, ach so ahnungsloser Freund: Unwissenheit schützt vor Strafe nicht. Wie lange haben Sie schon mit dem Zeug zu tun?“

„Oh liewi Zeit. Eigendlisch schun imma. Schun de Vadda un de Oobaa…"
„Verstehe, eine lange Geschichte. Dann möchte ich Ihnen nun dringend raten, machen Sie reinen Tisch! Nennen Sie mir Ihre Quelle!"
„Hm?"
„Wo haben Sie den Stoff her?"
„Vun moim Nochbaa."
„Sie müssen sich keine Sorgen machen, Ihr Nachbar wird nichts davon erfahren, dass Sie ihn genannt haben. Er produziert also dieses Zeug. Er baut es an. Eine richtige Plantage?"
„Äh… nää. Des kummt äfach raus, so gsacht."
„Wie, wo kommt es raus?"
„Hingl[9], Kiih[10], Wutz[11]…"
„?"
„Tia. So gsacht."
„Raffiniert. Der Stoff wird also in Tieren geschmuggelt, der alte Kondom-Trick. Ganz schön aufwendig. Aber es scheint sich zu rentieren. Dann werde ich den Stoff jetzt einmal in Augenschein nehmen, wenn Sie nichts dagegen haben."
„Alla guud. Wenn Sie des ubedingt wolle. Awwa net, dass Sie saache, isch heed Sie net gewarnnt!"

---

[9] Huhn/Hühner
[10] Kühe
[11] Schwein/Schweine

Ist Tourismus die Zukunft? Sitzen wir wirklich bald alle zu Hause, hoffen, jemand kommt vorbei, zahlt Eintritt?

Kommissar Günda wäre der ideale Mann für ein solches Wirtschaftsmodell. Reisen hatte ihn nie gereizt. Er musste sich dazu zwingen. Genauer, er musste dazu gezwungen werden. Das hatte schon in der Schule begonnen. Während seine Mitschüler lauthals in Jubel ausgebrochen waren, als der Klassenlehrer zu Beginn des Schuljahres verkündet hatte, man werde im Frühsommer auf große Fahrt gehen, ins Hochgebirge, hatte er sich gemeldet und zum Unmut der Umsitzenden gefragt: „Fa waas?"
Sein Lehrer hatte die aufgebrachten Gemüter – „Hea mol, Günda, hackts? Zwee Woche kä Schul!" – beschwichtigt und darauf hingewiesen, dass diese Frage durchaus berechtigt sei: „Stimmt, Günda. Wieso müssen es denn immer die Ziele in weiter Ferne sein? Unsere Heimat bietet so viele herrliche Flecken. Und es gibt ein paar tolle Landschulheime ganz in der Nähe. Machen wir doch eine Abstimmung: Wer möchte lieber in den Odenwald fahren?"
Keine Reaktion.
„Was ist mit dir, Günda? Du meldest dich ja gar nicht. Ist dir der Odenwald etwa auch zu weit weg?"

Tatsächlich hätte er in diesem Moment heftig nicken müssen, doch das breite Grinsen seines Lehrers hatte Kommissar Günda veranlasst, von dieser Reaktion abzusehen. Stattdessen hatte er etwas gemurmelt von „Oh liewi Zeit! Nää, isch mähn, de Buggl nuff, de Buggl nunna, hea ma uff! Des gibt doch bloß gabudenne[12] Fieß!"
Eine geradezu prophetische Aussage, an die man sich auf der Klassenfahrt bereits ab dem zweiten Tag voll Wehmut zu erinnern hatte.

---

[12] kaputte

„Was nützet des böschde Wetterle, wenn es regenen tut! Stimmts? Hahahaha!"
Als einziger war Klassenlehrer Wasmuth über die gesamten vierzehn Tage unverdrossen zu Späßen aufgelegt, vor allem zu diesem einen, wenn sich wieder einmal seine gejauchzte Ankündigung eines herrlichen Ausblicks vom lachhaft nahen Gipfel als voreilig herausstellte. Erfolgte der sich wider Erwarten hinziehende Aufstieg regelmäßig in brütender Hitze, so trat ebenso verlässlich, kaum am Ziel angelangt, ein Wetterumschwung ein, mit dem selbstredend ebenfalls niemand hatte rechnen können. Doch Wasmuth, dessen Gabe im Unterricht eher in der Frustration seiner Schüler lag – Lieblingsspruch: „Herr, lass Hirn vom Himmel regnen!" –, Wasmuth hatte die Höhenluft offenkundig zu einem Motivator erster Güte werden lassen: „Ihr schafft das. Ich glaube an euch. Ihr müsst es nur wollen!"
„Wennnisch awwa gaa net will?", hätte Kommissar Günda gerne ein ums andere Mal eingeworfen, hätte er nicht genug damit zu tun gehabt, nach Luft zu japsen.

Lehrer Wasmuth wurde nicht müde, das Erfolgserlebnis seiner Schüler und dessen Langzeitwirkung zu preisen: „Ihr könnt stolz auf euch sein. Daran werdet ihr euch ein Leben lang erinnern. Und immer, wenn wieder einmal eine Herausforderung vor euch liegt, ein Berg, der euch unerreichbar scheint, dann wisst ihr ab jetzt, was ihr zu tun habt."
„Umdrehe!"

Tatsächlich hätten sie sich genauso gut auf der nächstbesten Wiese drei Mal im Kreis drehen können, um anschließend auch nur Steine, Farne und Murmeltiere zu entdecken, die den Anblick der erschöpften Wandervögel mit einem diabolischkecken Grinsen quittierten.

Was nitzt des beschde Wedda, wenns reat!
Wenn wenigstens diese wunderbare Kurpfälzer Weisheit korrekt wiedergegeben worden wäre, aber dazu war Lehrer Wasmuth als Zugezogener gar nicht in der Lage. Kommissar Günda hatte anfangs noch versucht, ihn auf hiesige sprachliche Besonderheiten hinzuweisen: „Sie solle jo aa was lärnne! Allo: isch laaf, du leefsch, mia sin geloffe…“, aber schon bald war ihm klar geworden, dass Wasmuth sich dieser Sprache lediglich bediente, um Lacher auf seine Seite zu bringen. Er hielt Mundart für eine Art Stammeldeutsch.

Ein Gutes immerhin hatte der Landschulheimaufenthalt gehabt. Einhellig war in der Klasse fortan das Urteil über seine seherischen Fähigkeiten – „Mia heede uff disch heere solle, Günda!“ –, unangefochten seine Stellung als letzte Instanz, wann immer es galt, Ausflugsentscheidungen zu treffen: „Mooment. Eh mia uns entscheide, was mähnschn du, Günda?“

Dabei war es im Kern gar nicht die Mühsal der Wanderei, die ihn geschreckt hatte. Vielmehr hatte er tatsächlich grundsätzlich größte Mühe, seine angestammte Umgebung überhaupt zu verlassen. Schon gedanklich. Lange Zeit war ihm dies unnötig, ja, gänzlich abwegig erschienen. Wenn er Fernweh hatte, fuhr er nach Heidelberg. Wenn er unbekannte Zivilisationen entdecken wollte, brauste er mit seiner *Huddl*[13] Richtung *Brusl*[14]. Weiter weg trieb ihn nichts und niemand. Gut, es gab die eine oder andere Herausforderung, die er zu überstehen hatte. So hatte es sich herumgesprochen, es gäbe in Stuttgart einen Plattenladen mit enormer Auswahl, die diejenige in der Kurpfalz bei weitem überträfe. Dabei fanden sich in jenen paradiesischen Zeiten allein in Heidelberg an die zehn Fachgeschäfte für Schallplatten.

---

[13] Moped
[14] Bruchsal

Kommissar Günda pflegte alle paar Tage zwischen diesen zu pilgern, um nach neuesten Erzeugnissen und Importen Ausschau zu halten. Die Nachricht von einem zentralen Plattenmekka indes hatte sogar das in jeder Hinsicht fernliegende Stuttgart als lockendes Ziel erscheinen lassen, und so hatten sie sich zu fünft im R4 eines Freundes aufgemacht, der so alt zu sein schien wie seine Insassen zusammen. Sie konnten nicht schnell genug hinkommen, sie konnten aber auch nicht schnell genug wieder heim gelangen, wollten doch all die neuen Errungenschaften umgehend gehört werden. Und jeder hatte eine beträchtliche Ausbeute mitgebracht.
„Eine tolle Stadt! Und ihr habt den ganzen Tag dort verbracht? Richtig so! Was habt ihr denn alles von Stuttgart gesehen?“, hatte ihn seine Mutter anschließend gefragt.
„Alles!“
Was stimmte, als da waren Led Zeppelin, Ten Years After, Neil Young, Frank Zappa, King Crimson, Yes, Taste…

Irgendwann hatte es Karin gegeben, jenes süße sechzehnjährige Mädchen im Wickelrock, das ihm eines Abends auf der Neckarwiese in Heidelberg anvertraut hatte, ihr Lebenstraum sei eine Reise nach Indien. Sie fühle sich wie magisch angezogen von den dortigen Sitten und Gebräuchen, von der Spiritualität. Unbedingt wolle sie im Ganges baden. Alles Unreine wasche der heilige Fluss ab.
Kommissar Günda hatte auf den Neckar geblickt, der zu jener Zeit noch beträchtlich Schaum geführt hatte.
„Des geht doo aa. Im Neggaa. Doo kannsch disch aa wesche. Mit demm gonze Passiil[15], Meischda Brobba[16] und Briil[17], was doo alles drin is. Brauchsch gaa net uff Indiä.“

---

[15] Persil
[16] Meister Propper
[17] Pril

Schlagartig war darauf die Stimmung zwischen ihnen frostig geworden. Und geblieben.

Zu weit weg, das war sein Leben lang im Grunde jeder Ort, der nicht in seiner Heimat lag. Dafür war nicht allein die kilometermäßige Entfernung maßgebend, sondern die sprachliche Nähe.
Gut, sein Maßstab war mit den Jahren großzügiger geworden. Es musste nicht mehr das Original-Idiom seines Heimatortes sein, das schon in der nur drei Kilometer entfernt liegenden Nachbargemeinde für den Kenner deutlich anders klang. So puristisch konnte man schon lange nicht mehr sein. Schade eigentlich, denn wie reich war das Kurpfälzisch allein an klanglichen Varianten von *ää*, *uu* und vor allem vom *ooooo*. Es waren bisweilen nur feinste Nuancen, Betonungen, Laute, manchmal aber auch Begriffe, die so einzig in diesem einen Dorf gebräuchlich waren. Es gab ganze Formulierungen, die ortsspezifisch waren. Er erinnerte sich an eine Begegnung mit einem Landsmann, gegenüber dem er den Ausdruck *Gut Nacht um fimfe!* gebraucht hatte, woraufhin der ihn belehrt hatte: „Ä-ä, Günda. Falsch. Kroddevakeat. Des heeßt *Gut Nacht um sechse*!"

Doch die Zeiten, da man über den Mannheimer Maimarkt spazieren konnte und punktgenau entscheiden, ob ein Besucher aus *Loome*[18], *Hendesse*[19] oder *Ilvesse*[20] stammte, die waren vobei. Die Grenzen verschwammen, Sprache veränderte sich. Das mochte man bedauern, aufzuhalten war diese Entwicklung nicht. Und so hatte er seinen Heimatbegriff gelockert und weiter gespannt. Ob nun einer zu einem Eimer *Ähma* oder *Ooma* sagte oder gar *Oima*, darauf kam es schon lange nicht mehr an.

---

[18] Leimen
[19] Handschuhsheim
[20] Ilvesheim

Entscheidend war ein verbindender Klang, eine gewisse Sprechhaltung. Mittlerweile konnte er sogar in den Kraichgau fahren, noch immer empfand er das als seine Heimat. Wer weiß, eines Tages würde er sogar *Rabbene*[21] eingemeinden.

Im Laufe seines Lebens hatte Kommissar Günda denn doch etliche Exkursionen unternommen, durch die Arbeit bedingt, aber auch der Freizeit, des Urlaubs wegen. Mal hatten ihn Freunde überrumpelt, mal überredet, mal *so long uff misch eigebabbelt, bissisch gsacht hab, alla guud, fahrisch halt mit uff Kossikka.* Nie hatte er eine Reise bereut, aber immer noch beschlich ihn im Vorfeld jedes Aufbruchs Unbehagen, stets begleitete ihn zu Beginn ein vertrautes Fremdeln.

Nicht anders erging es ihm nun auf dieser Bahnfahrt gen Norden. Auf dem Mannheimer Hauptbahnhof hatte er noch kurz Hoffnung geschöpft, als die Anzeige 45 Minuten Verspätung für seinen Zug verheißen hatte.
„Äh, Sie werre entschuldische…“, hatte er die nächstbeste Bahnuniformierte beiseite genommen. „Kann des sei, dass dea gaa net kummt, moin Zuch?“
„Keine Sorge“, beschied die ihn besänftigend. „Es handelt sich lediglich um eine anschlussbedingte Verspätung in Stuttgart.“
„Ou. Schaad. Keendisch bessa dehähm bleiwe.“
Die Angesprochene hatte gestutzt, offenbar hatte sie nichts verstanden.
„Nix nix. Äh, was annares. Gibts eigendlisch die Läiisch[22] noch drunne in Stuttgartt? Die Läasche.“
„Lerchen? Aber gewiss, bei den Umbauarbeiten für Stuttgart 21 wird großen Wert darauf gelegt, dass die heimischen Tiere und Pflanzen keinen Schaden nehmen.“

---

[21] Bad Rappenau

[22] Lerche, besagter legendärer Plattenladen in Stuttgart

Offenbar hatte die Dame zuvor in der Abteilung für Öffentlichkeitsarbeit gedient.
„Nää, isch mähn denn Bladdelaade."
Der ratlose Blick hätte ihn nicht überraschen dürfen. Was war anderes von einer jungen Frau zu erwarten, die vielleicht gerade einmal in ihren Dreißigern angelangt war und vermutlich nie in ihrem Leben eine Schallplatte zu Gesicht bekommen hatte.
„Ah, schauen Sie! Gute Nachrichten! Die Verspätung fällt kürzer aus als befürchtet, Ihr Zug trifft doch schon in einer halben Stunde ein."
„Subba", entfuhr es Kommissar Günda gequält.
„Ich kann mir vorstellen, Sie können es bestimmt gar nicht erwarten. Es geht in den Urlaub, stimmts?"
„Hm."
„Wo fahren Sie denn hin, wenn ich fragen darf?"
„Papenwerder."
„Papenwerder? An der Ostsee? Ehrlich? Toll, da war ich als Kind oft. Herrlich! Meine Ostsee! Ich beneide Sie. Dann gute Reise!"
„Äh, wolle Sie vleischt fa misch…?"
Doch da hatte sich die freundliche Bahnerin bereits dem nächsten Reisenden zugewandt.

Und nun saß er also im IC auf seinem reservierten Platz am Fenster, drei Mitreisende an seinem Tisch.
Es fährt ein Zug nach Nirgendwo. Er ertappte sich, wie er diesen alten Schlager summte. Jedes Mal, wenn er an die Zeile *mit mir allein als Passagier* kam, musste er grinsen. Denn dem war beileibe nicht so. Der Zug war überfüllt, unablässig schoben sich Platzsuchende durch den Gang. Indes, den Lärmpegel im Großraumwagen, die schreienden Telefonierer, die lamentierenden Kleinfamilien konnte er elegant ausblenden, er hatte seinen betagten Walkman mitgenommen, der wundersamerweise noch funktionierte, und eine uralte Kassette aufgelegt, die er vor

Jahrzehnten aufgenommen hatte: Tom Waits, *Nighthawks at the Diner.*

Rechts von ihm saß ein Mann mittleren Alters, vor sich ein großformatiges Buch. Als Kommissar Günda seinen Platz eingenommen hatte und sich dazu an ihm hatte vorbeischieben müssen, war sein Blick auf eng bedruckten Seiten gelandet. Keine Buchstaben, dafür ein Wust an Zahlen und Formeln. Ein Anblick, der unangenehme Erinnerungen weckte.
„Ou, bissl reschle? Fad Schul?“

Weder seine Freundlichkeit noch der humorige Unterton hatten Widerhall gefunden, der Mann nahm keine Notiz von ihm. Was Kommissar Günda erst ärgerte, ihm letztlich jedoch nicht unrecht war. Am Ende hätte es ihm ein langwieriges Gespräch eingebracht, was ihn daran gehindert hätte, von seinem Zuhause gebührend Abschied zu nehmen.
So faszinierte ihn schon bald, wie Häuser, Bürogebäude, Lagerhallen und Fabriken im Eiltempo an ihm vorüberzogen. Und überall lebten Menschen. Arbeiteten, schliefen, stritten, liebten, aßen, tranken.
Warm beer, cold women krächzte Tom Waits, und Kommissar Gündas Augen wanderten unwillkürlich zu dem älteren Pärchen ihm gegenüber.
Seit er zugestiegen war, hatten sie kein Wort miteinander gewechselt, ihn jedoch beide mit ausnehmender Freundlichkeit begrüßt, um sich sogleich wieder dem Kreuzworträtsel in extra großen Buchstaben zu widmen, das die Frau vor sich liegen hatte. Sie war es auch, die den Stift führte. Ihr Gefährte, vermutlich ihr langjähriger Ehemann, mischte sich ein ums andere Mal wortlos, aber gestenreich ein. Dieses stumme Schauspiel lenkte Kommissar Günda beträchtlich vom Fahrgeschehen ab.
Wie eingespielt diese beiden waren! Wann immer sie ein Wort eingetragen hatte, schüttelte er den Kopf. Sie streckte ihm mehr

als einmal das Schreibuntensil hin, er machte keine Anstalten zuzugreifen. Die Rollen blieben klar verteilt. Vermutlich war auch ihr stummes Angebot, den Stift abzugeben, nur Teil des Rätselrituals.

Freude schien den beiden die Aufgabe nicht zu machen, dafür wirkten ihre Mienen zu angespannt, aber keiner von ihnen mochte vom Rätseln lassen. Ob ein großzügiger Gewinn bei perfekter Lösung winkte? Der Weg dorthin schien jedenfalls noch weit. Kommissar Günda entdeckte eine Rubrik, deren Lösung bisher keiner der beiden in Angriff genommen hatte. Dank langjährigem Training in Großraumbüros verfügte er über die Fähigkeit, auf dem Kopf stehende Wörter zu lesen: *Erster Hit für Marianne Rosenberg?* lautete die Frage. Leichte Übung für Kommissar Günda, der trotz aller Vorliebe für Rockmusik dem deutschen Schlager immer eine gewisse Aufmerksamkeit hatte zuteil werden lassen, mal mit belustigter Abscheu, mal mit sentimentaler Sympathie. Und ein guter Song blieb ein guter Song, selbst wenn man seinen Text verstehen konnte. *Mister Paul McCartney* lautete die Lösung, aber er konnte sich gut vorstellen, dass die musikalischen Vorlieben der beiden über die Fünfzigerjahre nicht hinausgekommen waren. Dieses Lied indes musste aus den frühen Siebzigern stammen. Kommissar Günda erinnerte sich, wie er die kaum jugendliche Marianne Rosenberg in der *ZDF-Hitparade* gesehen hatte. Womöglich gab es sogar in seinem Keller einen Mitschnitt, denn Kommissar Günda, zu dieser Zeit noch *än klähne Buu*, pflegte bei dieser Sendung mit dem Kassettenrekorder vor dem Fernseher zu sitzen und die Aufnahme zu starten, sobald Dieter-Thomas Heck seine aufgeregte Ansage beendet hatte.
Sollte er sich beratend einschalten? Besser nicht. Vielleicht war dieses gemeinsame gegeneinander Rätseln ein elementares Band zwischen den beiden. Hatten sie vielleicht gar kein gemeinsames Heim, sondern nur eine Netzkarte für die Bahn? Hatten sie sich

im Zug vor Jahrzehnten kennengelernt? War das die angemessene Feier des goldenen Jubiläums? Fuhr für sie dieser Zug nicht nur nach nirgendwo, kam er sogar von dort?

Plötzlich griff die Frau unter den Tisch, zog einen Beutel hervor, verstaute das Heft samt Stift darin und hatte unversehens eine Kappe in der Hand. Erstmals in den Stunden, die sie gemeinsam an diesem Tisch verbracht hatten, wandte sie sich direkt ihrem Begleiter zu und setzte ihm die Kappe auf. Betrachtete ihn kritisch, schüttelte den Kopf, nahm ihm die Kappe wieder ab, legte sie beiseite und brachte die verbliebenen Haare ihres Mannes mit beiden Händen in eine andere, ebenso frisurlose Form. Derselbe Mann, der noch eben keinen Federstrich seiner Frau ohne tadelnde Geste hingenommen hatte, ließ das anstandslos über sich ergehen. Schließlich spuckte sie in die linke Hand, wie es Großmütter seit Menschengedenken tun, wenn sie Enkeln bei der Entfernung von Essensresten aus dem Gesicht behilflich sein wollen – *thhh, thhh* –, und strich letzte störrische Härchen des duldsamen Gatten glatt. So präpariert durfte der nun auf ihr Zeichen die Kappe wieder aufsetzen. Vorläufig, versteht sich, denn selbstredend oblag es ihr, die Position der Kopfbedeckung noch einmal nachzujustieren.
Anschließend stand sie auf und fischte aus dem Gepäckfach oberhalb des Fensters zwei Jacken. Kommissar Günda war fasziniert. Er fragte sich, was das Geheimnis einer solch ewig stabilen Beziehung war, die ihm so nie vergönnt gewesen war, während die beiden wortlos ihre Jacken anzogen. Nicht überraschend im Partnerlook: beige und beiger.

Kaum war das Pärchen verschwunden, trafen die nächsten Tischnachbarn ein: diesmal ein Vater mit seiner Tochter. Die Kleine war vielleicht sechs, vielleicht zehn Jahre alt. Kommissar Günda tat sich schwer, diese Altersklasse differenzierter zu schätzen.

Auch hier wurden sogleich Stift und Papier gezückt, diesmal jedoch ging es nicht um ein Rätsel, das Mädchen sollte wohl lediglich beschäftigt werden.
„Papa?"
„Hm."
„Was soll ich denn malen?", fragte das Kind lustlos.
„Keine Ahnung. Ich kann mich nicht um alles kümmern", antwortete der Vater sichtlich genervt. Vermutlich hatten sie schon viel zu lange einen freien Platz gesucht.
„Wo ist der gelbe Stift?"
„Wahrscheinlich im Koffer."
„Holst du mir den?"
„Den Koffer? Hör mal, ich bin froh, dass ich das blöde Ding irgendwo verstaut habe, hier ist ja überhaupt kein Platz. Da fummele ich jetzt nicht rum."
„Aber dann habe ich kein Gelb."
„Nimm Rot."
„Ich brauche aber Gelb."
„Dann mal was anderes."
„Was denn?"
„Hhhh."
Der Mann stöhnte vernehmlich.

Das alles konnte Kommissar Günda nun mitanhören, denn seine Kassette hatte sich unversehens *vaknoddlt*[23], und er mühte sich, den Schaden zu beheben. Er merkte sofort, dass er aus der Übung war, früher war ihm dies im Handumdrehen gelungen.
„Was machst du da?", wandte sich das Mädchen direkt an ihn, und er zuckte kurz zusammen, denn es irritierte ihn, dass ihn ein kleines Mädchen unversehens ansprach. Und duzte.
„Äh, die Kassett…", setzte er an, um sogleich abzuwinken, denn wie sollte er einem im 21. Jahrhundert geborenen Kind erklären,

[23] lautmalerisch für Bandsalat

was eine Audiokassette war.
„Hii[24]!“, stieß er gerade noch hervor.
„Lass den Mann, Agnetha, der kann kein Deutsch.“
„Doch!“
Das Widerwort entfuhr ihm spontan, klang womöglich unangemessen trotzig, und so ergänzte er vorsorglich: „Doch, doch. Alles.“
„Siehst du, man kann immer etwas lernen, wenn man nur will.“
„Wo kommst du her?“
„Heidlbäiig.“
„Heidelberg? Das in Deutschland?“
Das Interesse des Mannes war geweckt.
„Hm.“
„Kenne ich gut. Ich habe eine Zeitlang dort studiert. Aber gebürtig sind Sie nicht von dort, oder?“
„Doch.“
„Ach ja? Ich habe gar nicht in Erinnerung, dass die Leute dort so sprechen.“

Da musste ihm Kommissar Günda beipflichten. Je nachdem, wo man sich in Heidelberg tummelte, hörte man schon lange kaum noch Dialekt. Die einen schienen *Turischde* zu sein, die anderen *Brofessa*.
„Fährst du auch in Urlaub?“
„Ja.“
„Wohin fährst du denn?“
„Oschtsee.“
„Ein See in Oscht?“, fragte das Mädchen. „Ist das noch in Deutschland?“
„Das heißt eigentlich Ostsee, Agnetha. Aber manche Leute sprechen auch bei uns wie in *Willkommen bei den Schtiis*.“
„Ostsee? Wir fahren auch an die Ostsee!“, quietschte die Kleine.

---

[24] Kaputt

„Ja", bestätigte ihr Vater, aber seine Begeisterung hielt sich offenkundig in Grenzen. „Bestimmt ist es dort gerammelt voll. Hochsaison. Aber was soll man machen mit einem schulpflichtigen Kind. Warum fahren Sie denn ausgerechnet jetzt?"
„Hm?"
Kommissar Günda verstand nicht, worauf sein Gegenüber hinauswollte.
„Ich meine, Sie können sich doch die Reisezeit aussuchen."
„Ä-ä. Neine. Wisso?"
„Ach, Sie sind noch nicht…"
„Nää. Isch muss noch schaffe."
„?"
„Aa-bei-tön."
„Aha. A propos…"
Der Mann wandte sich seinem Rucksack zu.
„Und wo arbeitest du?"
Was gehtn disch des oo, wollte er eigentlich blaffen, er schätzte diese Form der Distanzlosigkeit überhaupt nicht, doch das Mädchen schaute ihn derart offen an, dass er die Frage als Ausdruck echten Interesses und nicht bloßer Neugier verbuchte. Er beschloss, das Thema spielerisch anzugehen.
„Rot mol!"
Agnetha runzelte die Stirn.
„Schätz!"
„?"
„Ra-te mahal!"
„Ah! Raten. Au ja!" Das Mädchen wandte sich an seinen Vater: „Was arbeitet der Mann?"
„Mooment!", bestimmte Kommissar Günda. „Jeda fa sisch! A-lei-nö! Abwechselnd. Du zuärscht! Gönau wie bei *Was binnisch.*"
„Wie wo?"
„Was bin isch. Welli Wutz[25]? Färnnseh…", setzte er noch an,

[25] Anspielung auf Robert Lembkes *Welches Schweinderl hätten Sie denn gern?*

doch zugleich wurde ihm bewusst, selbst der Vater des Kindes war bestensfalls Jugendlicher gewesen, als *de Lämbges Robbatt* zu einer der erfolgreichsten Sendungen der Fernsehgeschichte geladen hatte. Was für ein schönes, einfaches Konzept die hatte. Keinerlei Effekte, nichts Pompöses, selbst die Musik schnörkellos schlicht. Das immergleiche Personal über Jahrzehnte.
Am besten hatte ihm immer gefallen, dass ganz Deutschland die vier vom Rateteam kannte, aber dennoch waren deren Namensschilder nie abgeschafft worden.

Wie hatten sich die Zeiten geändert. Ganze fünfzig Mark konnte ein Kandidat damals gewinnen. *Höggschdens.* Heute ging es nicht mehr *unnarä Milljoon.* Und man diente ihm im Fernsehen fast nur noch *Bromindende* an, die er noch nie zuvor gesehen hatte. Geschweige denn, dass er wüsste, was diese Menschen so berühmt machte.
„Alla! Mia machen jetzat oin Spiel: Berufe raten. Vastanne? Verstanden?"
„Jaaa, klar! Au ja!", trompetete die Kleine. „Du auch, Papa!"
Der Angesprochene hatte sich seinem Smartphone zugewandt und grunzte unbestimmt.
„Und wie geht das Spiel?"
„Folgendes: ia misst misch froore."
„?"
„Ihr müsst Fragen stellen. Um moin Baruff fa zum rausfinne, meinen Beruuf. Vastehsch?"
Das Mädchen nickte.
„Mooment! Aba nua Fragen, wu ma *ja* odda *nää* saache kann. *Ja* oder *nein.*"
„Fragen, auf die man mit ja oder nein antworten kann? Das kenne ich, das spielen wir auch manchmal in der Schule."
„Beispiel bei dia: Wennisch wisse wollt, was du füa oinen Beruf hast, Frolleinsche, dann täte ich fragen tun: Gehe isch rescht in der Ahn-nahme, dass du bei deina Arbeit schreiben tust?"

Agnetha blickte erwartungsvoll.
„Unn?"
„Was?"
„Jetz musst du sagen, ob des stimmt. Tust du schreiben tun bei deina Arbeit?"
„Ja!"
„Sauwa. Isch mähn gut! Dann darf isch weitas raten. Gehe isch rescht in der Ahn-nahme, dass du auch lesen tust bei deina Arbeit?"
„Ja."
„Und reschnen auch?"
„Ja."
„Gehe isch rescht in der Ahn-nahme, dass du manschmal Hausaufgaben machen musst?"
„Ja."
„Dann glaube ich, du bist Lokomotivführarin."
„Nein, falsch!", frohlockte Agnetha.
„Ou! Pesch. Dann wäa jetzat de Näggschde droo."
Kommissar Günda streifte seinen Nachbarn mit einem Seitenblick. Der schien keinerlei Notiz genommen zu haben.
„Alles klaro, wies geht, des Spiel?"
„Ja!", rief Agnetha begeistert.
„Alla! Dann vasucht zum raten, was isch von Beruf bin."
„Ich fange an, ich fange an!", rief Agnetha: „Gehe ich recht in der Annahme, dass du schreibst?"
„Manschmol."
„?"
„Selde."
„?"
„Ja."
„Gehe ich recht in der Annahme, dass du rechnest?"
„Äh… nein."
„Du bist, du bist!"
Sie stupste ihren Vater an.

„Was?"
„Du musst raten."
„Wie?"
„Was der Mann arbeitet."
„Äh… Hausmeister."

Kommissar Günda spürte einen Anflug von Zorn. Nichts gegen Hausmeister, im Gegenteil, aber das hatte einen eindeutig herabwürdigenden Unterton gehabt. Was bildete sich *des Berschtl* ein? Er widerstand dem Impuls zurückzuschlagen: *Un du bisch wahrscheinz aa bloß soän Masta Bätschäla uff Sprischbeitl!* und nahm sich vor, sich die gute Laune nicht verderben zu lassen. Ihm gefiel die Ratelust der Kleinen: „Nein. Leida nischt."
„Ich bin, ich bin! Bist du ein Erfinder?"
„Nein. Schää langsoom. Narre net huddle. Rantaschde ans Thääma."
„Haben Sie mit Menschen zu tun?"
Die Frage kam aus dem rückwärtigen Raum. Kommissar Günda wandte sich in Richtung der auffallend sonoren Männerstimme, deren Sprecher sich hinter seinem Sitz verbarg und der hingerissen ergänzte: „War das eine tolle Sendung: *Was bin ich?!*"

„Wo bin ich?"
Das fragte sich Fritjof Freese in diesem unwürdigen Moment. Erst langsam hatte er sich ein wenig erholt. Noch immer saß er außer Atem und klitschnass geschwitzt vor der Scheune.
„Unn? Zufriede mit de Kallität[26]? Einwandfrei de Dinga, odda?"
„Das hätten Sie mir doch gleich sagen können, dass da Dung drin ist."
„Hä? Des hawwisch Ihne doch gsacht! Dinga! Nadua! Awwa voll!"
„Das stinkt ja abartig. Wo haben Sie den denn her? Aus dem Zoo? Löwenkäfig, Elefantenhaus? Wie halten Sie bloß diesen Gestank aus?"
„Kä Probblähm, isch bin des gegwöhnt. Isch bin schun als klähna Buu als mim Knoddlkäischl[27] rum un hab des gsammelt vun de Gail, vun de Hingl un aa mol bei de Wutz."
„Hm. Aha. So so."

Freese verzichtete auf Nachfragen, um das Thema nicht weiter zu vertiefen. Normalerweise neigte er überhaupt nicht zu Übelkeit. Wenn er einmal alkoholmäßig über die Stränge geschlagen hatte, was in seinen Zwanzigern nicht selten vorgekommen war, wenn es im Flugzeug heftige Turbulenzen gab, ja, selbst auf Reisen mit der Segelyacht seines besten Freundes Ruben im Mittelmeer, das erstaunlich unruhig sein konnte, auf seinen stabilen Magen konnte er sich eigentlich immer verlassen. Doch dieser naturgewaltige, bestialische Gestank, der unvermittelt derart intensiv aus dieser unscheinbaren Tonne auf ihn eingeströmt war, so, als hätte er sich über Jahre aufgestaut und nur darauf gewartet, endlich einen arglos Dreinriechenden zu erlegen, dieser Gestank hatte ihn derart überwältigt, dass er sich heftig hatte übergeben müssen. Vor den Augen dieses stoischen

---

[26] gelegentlich können Konsonanten verschwinden
[27] Handwagen zum Aufsammeln von Pferdeäpfeln

Landwirtes auch noch, der ihm gefolgt war und der diesem Vorfall ungerührt beigewohnt hatte. Immerhin war es Freese gelungen, die Scheune noch rechtzeitig zu verlassen und seinen Mageninhalt hinter einer Hecke zu entleeren.

Der Zeuge hatte während des unrühmlichen Vorfalls geschwiegen, umso lauter hatte sein Schäferhund angeschlagen, der sich wenige Meter entfernt von ihm befand. Zum Glück an einer schweren Eisenkette, an der er weiterhin wild zerrte. Was nicht gerade zu Freeses Konsolidierung beitrug.
„Könnten Sie vielleicht den Hund etwas beruhigen?"
„Reg disch net uff, Brazzo! Des is doch grad soän Sseggl vun de Bollezei."

Freese fragte sich, ob das die angemessene Ansprache für einen angriffslustigen Allesbeißer war, doch siehe da, das Tier jaulte kurz auf und rollte sich dann zusammen.
„Danke."
„Schun rescht. Wolle Sie eigendlisch nochmol riesche?"
„Ich verzichte."
„Vleischt was annares?"
„Nein, danke."
„Dann sin Sie fäddisch do?"
„Ja. Vollständig."
„Kannisch de Deggl also widda zumache?"
„Ich bitte darum."
„Odda wolle Sie vleischt doch bissl was mitnämme? Fa de Kuche, wie Sie des gsacht hawwe."
„Nein, danke."
Freese hatte langsam den Verdacht, dass dieser Mann weit cleverer war, als er ihm bislang erschienen war. Da gab es eindeutig einen spöttischen Zug, der dessen Mundwinkel umspielte.

„Isch deed Ihne was eipacke. Kä Probblähm. Tubba[28] heedisch genung. Mach isch gärnn!“

Als Fritjof Freese kurz darauf vom Hof fuhr, noch immer leicht benommen, meinte er, aus den Augenwinkeln zu sehen, wie es sich der Verdächtige vor der Scheune auf einem Bänkchen gemütlich machte. Er schien etwas zu rauchen.
Freese war gerade gar nicht neugierig, was.

---

[28] Tupper

„Sind Sie mit der Herstellung oder Verteilung einer Ware beschäftigt?"
Die Sitzordnung um Kommissar Günda hatte sich geringfügig geändert. Nachdem der *Was bin ich*-Fan aus der Reihe hinter ihm seine Begeisterung auf Dauer nicht hatte im Zaum halten können, hatte der *Reschelsseggl neewedroo*, wie ihn Kommissar Günda insgeheim getauft hatte, irgendwann sein Schweigen gebrochen und angeboten, die Plätze zu tauschen. Fortan saß neben ihm ein imposant dickbäuchiger, schwarzgekleideter Mittsechziger, dessen T-Shirt mit der Aufschrift *Wacken 2016* unter der speckigen Lederweste ihn als Heavy-Metal-Fan auswies.

„Sind Sie mit der Herstellung oder Verteilung einer Ware beschäftigt?", wiederholte dieser.
„Nein."
„Ich bin, ich bin! Bist du berühmt? Bist du ein Youtuber?"
„Hä? Wuhea… wohea weeschn du des, stimmt, isch hab mol ganz korzz im Posaunechor mitgspielt."
„Nein, nein", korrigierte der Mann neben ihm. „Sie meint, ob Sie im Internet Filme veröffentlichen und damit Ihr Geld verdienen."
„Film? Isch? Indanett?" Kommissar Günda spürte, wie er rot anlief. „Oh liewi Zeit, im Leewe net. Hawwisch nix mit zum du. Nää. Neine. Nein."
„Meine Damen und Herren, in Kürze erreichen wir Berlin. Sie haben Anschluss…"

Die Durchsage sorgte für ein jähes Ende der Raterunde. Den gesamten Großraumwagen erfasste schlagartig Unruhe, Fahrgäste standen auf, suchten ihre Sachen zusammen, kramten in den Gepäckfächern. Auch der Wackengänger schälte sich aus seinem Sitz und mühte sich zu seinem ursprünglichen Platz. Agnetha und ihr Vater dagegen machten keinerlei Anstalten zum Aufbruch. Bald war die ursprüngliche Tischrunde wieder beisammen, denn auch Kommissar Gündas ursprünglicher Sitznachbar hatte sich erneut zu ihnen gesellt. Seufzend.

Der Zug verlangsamte sein Tempo und passierte die ersten Berliner Außenbezirke. Ächzend schob sich der Wackenmann noch einmal heran: „Eines noch, ich hätte zu gerne weitergeraten, doch leider, leider steige ich gleich aus. Jetzt müssen Sie mir aber unbedingt noch Ihren Beruf verraten! Sonst kann ich heute Nacht nicht schlafen."
„Bademeischda!", bekannte Kommissar Günda nach kurzem Zögern mit fester Stimme. „Isch bin Bademeischda!"

„Ja, hier Freese, Fritjof Freese. Kann ich bitte Herrn Weizen, ich meine Herrn Kornfeld sprechen?"
„An de Abbaradua[29]!", wieherte es am anderen Ende. „Hea mol, mia ware doch schun mol beim Weize."
„Stimmt", erinnerte sich Freese. „Ich war mir nur nicht sicher, ob dieser Spitzname in der gesamten Abteilung gebräuchlich ist."
„A, des glaabsch awwa. Gönau wie Ihra, Härr Annaschda. Ibbrigenz, vleischt wärrisch ball beföddat. Wisse Sie, wie isch dann heeß?"
„Na?"
„Dobblbock! Klähna Witz, awwa net schlescht. Was gibts, Härr Annaschda? Odda derf isch des iwwahaupt noch saache zu Ihne?"
„Selbstverständlich! Spitzname gegen Spitzname."
„Allo, was ischn lous?"
„Ich hätte da eine kleine Aufgabe für Sie. Es geht um den Verdacht auf Verstoß gegen das Betäubungsmittelgesetz."
„Hä? Bee Tee Ämm? Was hebdn ia dodemit zum schaffe?"
„Eben. Nichts. Deswegen möchten wir, dass Sie sich darum kümmern."

Nachdem Freese sich von seinem Schock erholt hatte, war ihm ein verwegener Gedanke gekommen. Möglicherweise war die Dungtonne ja eine besonders raffinierte Tarnung, an der sämtliche Drogenspürhunde scheitern mussten. Er selbst wollte sich nicht noch einmal damit befassen müssen, und so war er auf die Idee verfallen, Axel Kornfeld, diesen vierschrötigen Typen von der Spurensicherung, damit zu betrauen. Außerdem konnte es nicht schaden, auch diesen in den Genuss des Geruchs kommen zu lassen, ließ der ihn doch immer wieder spüren, dass er ihn nicht wirklich ernst nahm.

---

[29] Am Apparat

„Ähä. Was mähndn de Tschief?"
Und wieder einmal zog Kornfeld bedenkenlos Freeses Kompetenz in Zweifel.
„Der sieht das nicht anders als ich."
„Dann gewwe Sie mia denn mol, denn Dabbes."
„Wen?"

Dabbes, die Verwendung dieses Begriffes gab Freese immer wieder Rätsel auf. Dabei war die Bedeutung eigentlich klar: Dummkopf. Entsprechend wurde das Wort ja auch benutzt: „Dea? Des issn Dabbes. Awwa voll."
So weit, so klar, so herabwürdigend. Das vernichtende Urteil über einen Dritten.
Interessanterweise war Freese jedoch schon des öfteren Zeuge gewesen, wenn sich Menschen folgendermaßen begrüßten: „Ach Gott doo, dea Dabbes is jo aa doo!"
Formal immer noch in der dritten Person formuliert, aber doch eindeutig einem Anwesenden zugedacht.
Der so Titulierte reagierte für gewöhnlich in ähnlicher Art und Weise: „Hea, du Sseftl, des waa jo klaa, dass du schun beim Bierle hoggsch, du Hannebambl, du bleeda!"

Für Freese eine Ansammlung von Begriffen, die er nicht übersetzen konnte, von denen aber klar war, dass sie auf jeden Fall eines waren: beleidigend. Aber seltsamerweise wurden sie nicht so empfunden. Kein Befremden, kein Zeichen von Empörung über eine solche Ansprache. Waren die Kurpfälzer immun gegen derlei? Konnte man sie vielleicht gar nicht beleidigen? Waren sie abgestumpft durch Schmähungen über Jahrhunderte? Hatten sie sich abgefunden mit diesem Urteil der Geschichte: der Kurpfälzer, ewiger Dabbes vor dem Herrn?

Nein, Kommissar Günda betonte es immer wieder, im Dialekt kam es weniger darauf an, *was* gesagt wurde, sondern *wie*.

Hier allerdings gab es noch eine weitere Ebene: Entscheidend war ebenso, *wer* etwas sagte. Und *zu wem.*
Vergleichbares gab es seines Wissens im Hochdeutschen nicht:
„Hallo, du blöder Schwachkopf!"
„Ah, da bist du ja, du Idiot, du selten dämlicher!"
Es lag auf der Hand, wohin ein solcher Dialog führen würde.

Nicht genug damit, dass gewisse Personen einander auf diese spezielle Art ansprechen durften, es war wohl bisweilen gar Ausdruck einer besonderen Wertschätzung, in den Genuss der Bezeichnung *Dabbes* zu kommen. Das bedeutete, wollte man jemandem klar machen, wie sehr man ihn mochte, empfahl sich offenbar dafür dieses Wort. Fragte sich allerdings, ab wann man erlaucht war, zu diesem Vokabular zu greifen.
Herr Weizen, Sie Dabbes!, das wäre vermutlich verfrüht, obwohl es Freese gerade reizte. In mehrerlei Hinsicht.

„Donn gäwwe Sie mia denn mol, de Tschief, denn Dabbes."
„Das geht leider nicht."
„Hä? Wisso?"
„Kommissar Günda ist außer Haus."
„Un wann kummda widda zrick?"
Diese Wendung behagte Freese nicht: „Das kann dauern."
„Heit noch?"
„Heute nicht mehr, nein."
„Mogge?"
„Voraussichtlich auch nicht."
„Indressant. Un wie siehts iwwamogge aus?"
„Herr Weizen, das spielt doch jetzt gerade überhaupt keine Rolle."
„Fa misch schun. Dea wollt misch jo aa noch spreschle."
„Kommissar Günda wollte Sie sprechen? Davon hat er mir gar nichts gesagt."
„Eewe drum. Allo, wann issan widda do?"

„Also gut, Herr Weizen. Kommissar Günda befindet sich im Urlaub. Für zehn Tage. Voraussichtlich."
„Dea? De Tschief? Im Ualaub? Des gibts jo net. Wu issan hiegfahre? Taijanbach[30], zelde? Neilusse[31], an de Blausee? Weida is dea doch noch nie in seim Leewe kumme."
„Kommissar Günda ist an die Ostsee gefahren."
Stille.
„Sind Sie noch dran, Herr Weizen?"
„Hajo."
„Sagen Sie bloß, es hat Ihnen die Sprache verschlagen."
„Alladings. Sie wisse, was des heeßt?"
„Ja, er möchte mal ein bisschen Abwechslung, mal etwas anderes sehen. Luftveränderung. Tapetenwechsel."
„Ähä. Wahrscheinz, Heinz."
„Finden Sie das so ungewöhnlich?"
„Fa de Tschief schun. Hot dea Ihne des so gsacht?"
„Was?"
„Des mim Ualaub."
„Ja."
„Dassa an die Oschtsee fahre will."
„Richtig. Ausspannen, mal auf andere Gedanken kommen. Das verstehe ich gut."
„Des glaawisch net. Im Leewe net."
„Was glauben Sie nicht?"
„Net am Tellefoon. Isch kumm glei mol voabei."

Und noch ehe Freese etwas erwidern konnte, hatte Axel Kornfeld das Gespräch beendet. Als er erneut versuchte, ihn zu erreichen, meldete sich lediglich der Anrufbeantworter der Spurensicherung.

---

[30] Tairnbach

[31] Neulußheim

Nur kurz hatte sich die Hektik gelegt. Kaum waren die Aussteigenden verschwunden, bevölkerten neue Fahrgäste den Großraumwagen, manche zielstrebig, die meisten orientierungslos. Es hätte bessere Momente gegeben, doch Agnethas Vater hatte offenbar ein dringendes Bedürfnis und nickte vielsagend Richtung Wagenende.
„Können Sie vielleicht kurz auf meine Tochter aufpassen?"
„Kä Probblähm."

Die beiden Verbliebenen des Rateteams beobachteten, wie sich die Neuankömmlinge mühsam ihren Weg bahnten. Sie saßen beide am Fenster und blieben unbehelligt. Kommissar Gündas neuer alter Sitznachbar hingegen hatte ein ums andere Mal Ellenbogen, Rucksäcke und Reisetaschen abzuwehren. Was Kommissar Günda mit einiger Belustigung zur Kenntnis nahm.
Ein Pfiff ertönte von draußen, der Zug setzte sich kurz darauf wieder in Bewegung.
„Wie heißt du eigentlich?"
„Isch? Äh, Günda."
„Das ist aber ein komischer Name."
Das sagte ein Mädchen, das seinen Namen vermutlich einer schwedischen Popgruppe verdankte.
„Wieso kannst du jetzt Urlaub machen?"
„Hä?"
„Es ist doch Sommer, und da baden doch alle. Brauchen die bei euch keinen Bademeister?"
Gonz schää pfiffisch, die Klää!, dachte Kommissar Günda.
„Folgendes: Unsa Schwimmbad is grad zu. Geschlossen. Wegen Renoffiarung. Weißt du, was das bedeutet?"
„Pfff, weiß doch jeder. Kannst du auch malen?"
„Was?"
„Egal."
Seufzend nahm Kommissar Günda den Block, griff sich den Buntstift, überlegte, schwankte, entschied, verwarf und zeichnete

dann doch das, was er wohl am ehesten zustande brachte: *ä Haisl.*
„Was ist das?“
„Ein Haus.“
„Pfff, das kann ich besser!“
Dann machs doch!, wollte er gerade sagen, als er hinter sich eine Stimme hörte: „Personalwechsel, die Fahrkarten bitte!“
Sein Nebenmann reichte dem Schaffner die Reiseunterlagen. Kommissar Günda tat es ihm gleich.
„Danke. Und du, mein Fräulein, zeigst du mir bitte auch deine Fahrkarte?“
Agnetha starrte den Schaffner an, klimperte zwei Mal mit den Wimpern und deutete dann auf Kommissar Günda. Der zuckte mit den Achseln.
„Isch?“
„Wie alt bist du denn, meine Kleine?“
„Neun.“
„Kein Problem!“, beruhigte der Bahnmann. „Wenn du neun Jahre alt bist, dann darfst du natürlich kostenlos mit deinem Opa mitfahren.“
Dabei deutete er auf Kommissar Günda. Der hob abwehrend die Hände.
„Isch, de Oobaa? A, hea mol, des wüssdisch awwa.“
Der Zugschaffner runzelte die Stirn. Dann wandte er sich wieder an das Mädchen: „Am besten erklärst du das deinem Opa, er kommt ja, wie ich höre, aus einem fernen Land. Dein Opa hat leider einen Fehler gemacht, du bist nämlich nicht auf seiner Fahrkarte eingetragen. Das kann ich aber ausnahmsweise hier nachholen.“
Er zwinkerte erst ihr zu, dann ihm, dann allen anderen Umsitzenden: „Weil du so ein nettes Mädchen bist. Wie heißt du denn, meine Kleine?“
„Agnetha.“
„Das ist aber ein schöner Name!“

Sie strahlte.
„Dann kommt dein Opa bestimmt aus dem hohen Norden, aus Schweden. Smörrebröd, Smörrebröd, römpömpömpöm! Gra-tu-lie-re zu die-ser rei-zen-den Enke-lin. Aber das nächste Mal bitte gleich bei der Buchung auf der Fahrkarte eintragen lassen. Gute Reise weiterhin! Bon voyage!"

Kommissar Günda war irritiert. Noch wusste er nicht, wie er das finden sollte mit dem *Oobaa*.
„Der kommt bestimmt nicht mehr."
Erstmals meldete sich sein Nachbar zu Wort, freilich, ohne sich den Umsitzenden zuzuwenden.
„Wea? Wie?"
„Hört man ja immer wieder solche Geschichten: *Ich geh nur mal kurz Zigaretten holen.* Und dann ab nach Neuseeland. Auf Nimmerwiedersehen!"
Kommissar Günda beschlich Unruhe. Was, wenn der Mann recht hätte?
Er bemühte sich um einen unaufgeregten Ton: „Äh, Agnetha, wie heißt dein Papa eigentlisch?"
„Urs."
„Ähä. Un weida?"
„Kaiser."
„Des basst."
„Ich würde ihn ausrufen lassen. Vor dem nächsten Bahnhof. Wenns nicht schon zu spät ist."
„Papa!"
Agnetha sprang auf.
„Wo warst du denn so lange?"
„Eine Katastrophe, der Empfang hier. Irgendwo im hintersten Eck habe ich irgendwann Netz gehabt. Ich habe doch gesagt, ich bin kurz weg."
„Korzz? Des waa gonz schää long korzz."
„Wir wollten schon eine Durchsage machen lassen, wo du bist."

Urs Kaiser schüttelte den Kopf: „Das fehlte noch, den ganzen Zug verrückt machen wegen nix. Tut mir leid, dass ich Sie behelligt habe, Herr äh… Nun, es heißt ja immer, die Belastbarkeit nimmt mit dem Alter rapide ab. Da ist anscheinend etwas dran. So, jetzt setz dich schön wieder hin, Agnetha. Der Papa muss kurz was schreiben."

„Klara Fall vun Bärnt Aut."
„Bernd? Welcher Bernd?"
Freese hatte keine Ahnung, wovon Axel Kornfeld sprach.
„Äh, was annares, mähne Sie, mia krieje draus schun was zum esse? Isch heed grad soän klähne Hunga."

Aha. Das steckte also dahinter. Es war nicht das erste Mal, dass Axel Kornfeld ohne Grund unaufgefordert in der Sokodo auftauchte. Seit er festgestellt hatte, in welch komfortabler Umgebung sich diese kleine Spezialabteilung eingenistet hatte, im Nebenzimmer eines gutbürgerlichen Gasthauses, hatte er immer wieder einen Vorwand für einen dienstlich veranlassten Besuch gefunden. Mal hatte er eine unaufschiebbare Frage zu einem Beweisstück, mal wartete er mit einer abwegigen Theorie auf, deren Mitteilung keinen Aufschub duldete. Manchmal aber machte er gar keinen Hehl daraus, dass es ihm letztlich nur darum ging, die Vorzüge dieses Hauses zu genießen. Nicht zu vergessen, ihn lockte die Gegenwart der Wirtin im Roten Ochsen, Marion Helche, die offenbar genau seinem Typ entsprach, auch wenn die in ihrer bisweilen burschikosen Art schon allerlei dazu getan hatte, Kornfeld von seiner Chancenlosigkeit zu überzeugen. Im Zwiegespräch wurde sie noch deutlicher: „Dea? Im Leewe net. Denn keentsch du mia naggisch uff de Bauch binne!"
„Do bin isch schmärzzfrei!", so lautete wiederum eine von Kornfeld in diesem Zusammenhang gerne bemühte Formulierung, wenn man ihn darauf ansprach, ob er denn Marion Helches eindeutige Haltung nicht bemerke.
Kommissar Günda reagierte auf solcherlei Floskeln allergisch, gerade wenn die sich epidemieartig verbreiteten, weil sich ihrer plötzlich alle möglichen Leute wie aus dem Rhetorikbaukasten bedienten. So wie zu seiner Schulzeit dieses *zum Bleistift*. Oder wie seit einiger Zeit dieses *Am Ende des Tages*, ohne das kein öffentliches Statement mehr auszukommen schien.

„Sagen Sie mal, wie sind Sie denn so schnell hierher gekommen, Herr Weizen? Man könnte meinen, Sie standen schon vor der Tür, als Sie mich angerufen haben."
„Des wäa mööglisch. Ä-ä. Isch hab des im Gfiehl ghabt, dass ia misch brauche dud."
„Ich nehme an, Sie wollten vor allem wissen, ob unsere Marijonne schon im Haus ist."
„Saache Sie des so? Marijonne? Des klingt jo fuaschbaa. Was mähndn de Tschief dodezu?"
Fritjof Freese überging den Einwand, gerade weil auch sein Chef ein ums andere Mal seine Aussprache des Namens heftig kritisiert hatte: „Fuaschbaa! Freese, du ma die Lieb! Losses!"
Doch seine unverminderten Probleme mit dem hiesigen Dialekt, das war eine Sache zwischen ihm und Kommissar Günda, das ging einen Herrn Weizen nichts, aber auch gar nichts an.
„Also, was haben Sie eben gemeint mit diesem Bernd?"
„Bärnd? Hä? Wella? Isch moine: welscha?"
„Ich habe das schon verstanden, Herr Weizen, ich habe es verstanden. Ja, keine Ahnung, Sie haben doch von ihm angefangen. Bernd irgendwas."
„Bärnd, Bärnd? Loss misch mol iwwaleje… De Schuschdas Bärnd vleischt?"
„Kann sein."
„De Fußballa? Wisso, was issn mit demm?"
„Nein, mit Fußball hatte das vorhin bestimmt nichts zu tun. Glaube ich jedenfalls."
„Isch habs: Klühfa! De Klühfas Bärnd[32]."
„Klü-fa? Nie gehört."
„Hea uff, des gibts jo net. De Schlaggasänga. Saache Sie bloß, denn kenne Sie net!"
„Nein."
„De Junge mit de Mundhamoonika…"

---

[32] Bernd Clüver

Axel Kornfeld sang ebenso beseelt wie falsch. Freese verzog das Gesicht.
„Und was soll mit dem sein? Was hat der mit Kommissar Günda zu tun?"
„Was weeßn isch. De Tschief, des is schun soän alde Ramondiga."
„Sie meinen Romantiker."
„Nää. Ramondiga. Äschda aaa, donn ooo. Ramondig. Wie Arongsche[33]."
„Ich weiß überhaupt nicht, wovon Sie reden."
„Vleischt sollte Sie mol än Kuass mache, bei de Volkshochschul. *Kuapfälzisch fa Neigeblaggde.* Des gibts als mol. Aa im Raddio. Mit de Dooris un mim Ebahardd[34]. Un vleischt sollde Sie mol äschda bissl was esse. Donn funktioniert de Härnnkaschde aa widda bessa."
„Tut mir leid, dafür habe ich keine Zeit. Würden Sie zum Punkt kommen! Wir waren stehen geblieben bei Bernd."
„Isch habs: Bärnd, des Brot. Also doch: klähna Hunga! Klähna Witz! Awwa net schlescht."
„Herr Weizen, Sie wollten mit mir unbedingt über meinen Chef sprechen, es sei dringend, unaufschiebbar und überaus wichtig. Nun frage ich Sie ein letztes Mal: Was wollen Sie mir über meinen Chef mitteilen?"
„Folgendes: De Tschief, isch hab des schun länga gemeiikt, dea is manschmol bissl koomisch."
„Inwiefern?"
„A, wiea als druff is. Mähne Sie net? Is Ihne des noch nie uffgfalle?"
„Gut, wir haben alle unsere Stimmungen."
„Awwa wie Sie des eewe gsacht hawwe, dassa Ihne vazehlt hot, ea deed in Ualaub fahre, aa noch weit weg, on die Oschtsee,

---

[33] Orangen
[34] Doris Steinbeißer und Eberhard Reuß vom SWR-Kurpfalzradio

donn is mias klaa worre: De Tschief, dea hot de Bärnt Aut, eindeudisch."
„Ha! Da war er wieder, Ihr Bernd, wer immer das sein soll."
„Aaa, jetz isses klaa."
Kornfeld schüttelte belustigt den Kopf.
„Des is allweil net so äfach mit Ihne, Härr Annaschda. Isch bewunna de Tschief als, wie dea mit Ihne klaakummt. Geduld hodda jo, des muss ma demm losse. Awwa des is kä Wunna, dassa jetzat so bissl ab is."
„Ab?"
„Kenne Sie des net?"
„?"
„Mied. Des issa doch bstimmt als."
„Müde? Ja, wer ist das nicht."
„Sicksch. Wahrscheinz hodda des aa schun mol gsacht: *Hea, isch keent ratze*[35] *bis hinnewedda!* Isch keent des aa als ibbrigenz."
„Ratzen?"
„Egool. Un donn kummt des audomadisch, des mit demm aame Tia."
„Tier? Hund, Katze, Maus?"
„Gönau."
„Arm?"
„Mia langt des jetzat, des hot jo kähn Docht. Isch sachs mol gonz direkt: Dä-bressioone hot dea wahrscheinz, Ian Tschief, Dä-bressioone. Un des willa net, dass des ähns meiikt. Desdaweje geht dea fortt. Wahrscheinz Sanatoorium. Klinik."
„Jetzt verstehe ich, Sie meinen, mein Chef hätte einen Burnout."
„Sachisch doch schun die gonz Zeit, Bärnt Aut, awwa voll."
„Und Sie meinen, er erzählt mir, er geht in Urlaub, aber in Wahrheit ist er in einem Sanatorium, in einer psychosomatischen Klinik?"
„Gönau. Klapse. Gschlosseni. Apropoo, mähne Sie, die hawwe

---

35 schlafen

jetzat endlisch uff draus im Roode Ochse?“
„Mein Chef und ein Burnout?“
Freese lachte etwas gezwungen.
„Niemals. Gerade in letzter Zeit am allerwenigsten. Ich habe ihn selten derart gelöst, geradezu vergnügt erlebt.“
„Sicksch, des is de Beweis: voll dä-bressief. Manisch, wahrscheinz.“
„Quatsch! Unser Tschief war bisher vielleicht nicht so der Reisetyp, aber die Menschen ändern sich.“
„Isch net.“
„Mag sein.“
„Un de Tschief aa net, dea alde Dabbes.“
„Sei es drum, gut möglich, dass sogar ich ihn auf die Ostsee aufmerksam gemacht habe. Ja, jetzt erinnere ich mich, ich hatte einen Bericht gelesen über die herrlichen, weiten Strände in den neuen Bundesländern, und wir hatten es noch davon, dass man davon viel zu wenig kennt und viel zu selten diese Möglichkeiten nutzt. Und er hat spontan gesagt: *Stimmt, Freese. Das ist eine gute Idee!*“
„So, hodda des.“ Kornfeld blieb skeptisch.
„Und dann hat er eben Nägel mit Köpfen gemacht, Urlaub eingereicht, mit mir alles Notwendige besprochen. Hier, sehen Sie? Diesen riesigen Stapel hat er mir überantwortet. A propos, ich muss dann auch wieder, Herr Weizen. Es war wieder einmal hochinteressant mit Ihnen. Also, machen Sie sich keine Sorgen, unser Tschief ist ganz der Alte, nur einfach offen für Neues, neugierig, lebenslustig, wie er eben so ist, ein echter Sonnenschein.“
„Dea? De Tschief? Än Sunneschoin? A, donn iss awwa schun ball Nigolaus.“
„Danke für Ihre Aufmerksamkeit! Wenn sich etwas ergibt, werde ich Sie natürlich sofort informieren. Dann würde ich sagen: Ahla gutt!“
„Hä?“

„Ahla gutt! Wie man hier so schön sagt."
„Des deed misch aa fäddisch mache, Ia Gebabbl. Kä Wunna, dassa ab is. Alla, isch packs dann mol. Un vleischt hawwisch drauß bissl Glick mit derre Schnuggelisch vun de Wärttschaft."
„Ach, Herr Weizen, eines noch: Sie denken an die BTM-Sache? An den Bauernhof?"
„Die gonz Zeit."
„Hier ist die Adresse, mir geht es vor allem um eine höchst verdächtige Tonne dort in der Scheune. Wenn Sie sich der Sache annehmen würden, wäre ich Ihnen sehr dankbar. Ich vermute, dass sich der Stoff tief unten, ganz tief unten verbirgt. Und halten Sie mich unbedingt auf dem Laufenden!"

Freese konnte sich ein vorfreudig-schadenfrohes Grinsen nicht verkneifen, und endlich hatte er den Kollegen auch mit sanftem Druck über die Schwelle geschoben.
„Ahla!"
„Slangt. Servela."
„Genau: Allzeit ahla zervelat."

Marion Helche hatte gleich Reißaus genommen, als sie Axel Kornfeld erspähte. So ein selbstgefälliger *Sseftl.* Was bildete der sich überhaupt ein, wer er war? Wann immer sie ihm begegnete – und er tauchte für ihren Geschmack in letzter Zeit allzu häufig in der Sokodo auf –, sparte er nicht mit anzüglichen Bemerkungen. Dabei hatte sie keinerlei einladende Haltung ihm gegenüber an den Tag gelegt, im Gegenteil. Aber manche Männer waren auf diesem Ohr taub. Sie verstanden überhaupt nichts. Oder schlimmer noch, sie deuteten alles falsch, auch wenn Marion Helche ihre Signale an diesen Herrn für eindeutig hielt. Vermutlich witterte er Morgenluft, weil sich herumgesprochen hatte, dass Kommissar Günda außer Haus war. Dessen Botschaften hatten immerhin wenigstens gelegentlich Wirkung gezeigt. Marion Helche gefiel es, wenn sich Kommissar Günda schützend vor sie stellte. Besonders behagte ihr, wenn er dabei auf Diplomatie verzichtete: „Hea, Weize, du glaabsch aa, du bisch de Kees, hä? Bei de Marioon, do muss schun de Begga kumme, net grad de Wassaweck[36]!"

Aber auch derlei dämpfte dessen Distanzlosigkeit allenfalls kurzzeitig. Schon bei der nächsten Begegnung trumpfte dieser *Hannebambl* wieder mit einem seiner Anmachsprüche auf.
Ignorieren half auch nicht, Marion Helche hatte beschlossen, ihm der Einfachheit halber aus dem Weg zu gehen, wann immer es möglich war. Das gestaltete sich dieses Mal schwierig, sie hatte einiges im Gastraum zu tun, und dieser *Dummbabbla* hatte bekanntermaßen Sitzfleisch. Kommissar Günda hätte ihn längst hinauskomplimentiert. Zu schade, dass er nicht zugegen war.

Dass er nun für einige Zeit ihr und der Sokodo fehlen würde, das hatte sie jedoch niemand anderem als sich selbst zuzuschreiben. Schließlich hatte sie den Anstoß zu dieser Reise

---

36 Wasserbrötchen

gegeben. Es war gewissermaßen ein Auftrags-Urlaub. Sie hatte das Gefühl, er war überhaupt nur ihr zuliebe gefahren. Konnte sie das eigentlich verantworten? Gut, die Gegend, in die er reiste, war reizvoll, aber letztlich waren es rein egoistische Motive gewesen, die sie dazu veranlasst hatten, ihn zu dieser Reise zu bewegen. Aber ihr war einfach niemand anderes für diese heikle Mission eingefallen. Dabei wusste sie, mit wem er es zu tun bekäme. Sie ahnte, er würde gefordert, und das von jemandem, den er überhaupt nicht kannte.

Marion Helche dafür umso besser.

„Defoa odda degeje? Hä?"

Bevor sich Kommissar Günda in seinen Urlaub verabschiedet hatte, hatte er dafür Sorge getragen, dass Assistent Freese nicht durch seine Abwesenheit in die Isolation geraten würde. Denn so offen die Sokodo für die Bevölkerung war, so gering die Hemmschwelle schon durch die Situierung in einer Gastwirtschaft, alleiniger Ansprechpartner war und blieb immer Kommissar Günda.

Anfangs hatte das durchaus skurrile Situationen hervorgebracht.
„Is kähna do heit?"
„Doch. Ich."
„Nää, isch mähn, än Rischdische. Ähna vun de Bollezei."
„Ich bin bei der Polizei."
„Ealisch? Seit wonnen des?"

Hatte Freese Fragen gestellt, hatte er keine Antworten erhalten. Zunächst hatte er vermutet, sein Hochdeutsch würde nicht recht verstanden. Aber bald hatte er erfahren müssen, dass er gar nicht wahrgenommen wurde, etwa, wenn er hartnäckig nachgehakt hatte: „Ich habe Sie etwas gefragt."
„Hä?"
„Ich sagte, ich habe Sie etwas gefragt."
„Isch weeß."
„Und warum antworten Sie dann nicht?"
„Isch hab gedenkt, des gilt bei Ihne net."

Nicht selten schien er für die Glickerbacher gar nicht existent:
„Alla, tschüssl, Tschief."
„Ja, auch von mir: Auf Wiedersehen."
„Ou, wea sinnen jetz Sie?"
„Freese, Fritjof Freese."
„Nie gheat."

„Ich bin Kommissar Gündas Assistent."
„Sie hawwe än Assischdent, Tschief? Schun long?"
„Hajo."
„Sogar bereits seit einigen Jahren."
„Un wu waren dea die gonz Zeit, Tschief?"
„Sie können mich ruhig anschauen, wenn Sie über mich reden. Wie, wo war ich?"
„Fronkreisch, Schwede, Sponnie, was weeßnisch."
„Hier. Ich war hier. In Glickerbach. In der Sokodo."
„Mach Sache."
„Ich habe mich Ihnen doch vorhin vorgestellt."
„Uumeeglisch. Des wüssdisch awwa. Alla! Tschüssl, Tschief!"

Mit der Zeit war er wenigstens gelegentlich zur Kenntnis genommen worden. Aber nie für voll.
„Sie können mir den Vorfall ruhig schildern, ich vertrete hier meinen Chef."
„Hmpf. Isch waat liewa uff de Tschief."

Kommissar Günda war und blieb in der Sokodo der Dreh- und Angelpunkt. Er selbst war sich dessen sehr wohl bewusst. Ihm war klar, dass es Zeit brauchte, das zu ändern. Gut möglich, dass während seiner urlaubsbedingten Abwesenheit überhaupt niemand die Sokodo aufsuchen würde, selbst wenn dringender Anlass dazu bestünde.
So war Kommissar Günda auf den Gedanken gekommen, eine offizielle Sprechstunde einzuführen. *Bürgaspreschle bei de Bollezei* lautete die griffige Formulierung auf dem handgeschriebenen Plakat, das er höchstpersönlich in Abstimmung mit der Wirtin an der schweren Eingangstür zum Roten Ochsen angebracht hatte. Wochentäglich sollte sein Assistent von 16-18 Uhr für die Fragen und Anliegen der Bürgerinnen und Bürger zur Verfügung stehen.
Freese war von der Idee zunächst nicht recht begeistert gewesen:

„Meinen Sie wirklich, da gibt es jeden Tag Redebedarf für zwei Stunden?"
„Nää, nadierlisch net. Dodedrum gehts jo aa net."
„Sondern?"
„Die solle disch bissl kennelärnne."
„Dazu gab es ja nun schon wahrlich genügend Gelegenheit."
„Schun."
„Aber die Leute nehmen mich gar nicht wahr, für die bin ich Luft."
„Ä-ä, Freese. Des siehsch du falsch."
„Meinen Sie? Und warum ignoriert man mich, wenn ich mit Ihnen zusammen bin? Warum gehen die Leute nur auf Sie zu, nie auf mich?"
„Gonz äfach, Freese: Die Leit, die hawwe Ängscht."
„Was?"
„Ängscht. Angscht."
„Angst? Vor mir?"
„Nää. Voa deinare Sprooch. Wie du sprisch."
„Wie spreche ich denn?"
„A des, des klingt so… bruddaal. Do hawwisch aa manschmol Ängscht. Bissl. Zum Beispiel weje demm *bbö.*"
„Dem Buchstaben?"
„Ähä."
„Sie fürchten sich vor meinem *bee*?"
„Nää, net wejem *beeee.* Wejem *bbbö.*"
„Ich weiß nicht, was Sie meinen."
„Isch kann des gaa net wie du. Odda des *ddö.*"
„?"
„Un voa allem des *ggö.*"
„Ich wüsste nicht, was an meinem *gee* so besonders sein soll. Können Sie mal ein Wort sagen, in dem das vorkommt?"
„Nää, kannisch net. Weil isch net so bruddaal babbl wie du. Doch, isch weeß ähns. Sach mol: Glaus."
„Glaus."

„Net Glaus. Glaus!"
„Glaus? Können Sie mal einen ganzen Satz sagen, in dem dieses merkwürdige Wort auftaucht?"
„Äh... Moment... Jetz hawwischs: Isch hab kähn Ronze, awwa de Glaus hot ähna. Un was fa ähna."
„Sie haben keinen was? Ronzn?"
„Vagesses. Isch hab... Dorscht."
„Durst."
„Des kennsch, sicksch, du machsch Forttschritt. Isch hab Dorscht, awwa de Glaus, dea hot Hunga."
„Ah! Klaus! Sie meinen den Namen *Klaus*?"
„Uaa, wie des klingt bei dia. Voll bruddaaal. Sach des nochmol."
„Klaus."
„Wenn du do kä Ängscht kriggsch, weeßischs aa net."
„Wenn ich Sie richtig verstehe, dann meinen Sie, die Menschen fürchten sich bei mir vor einzelnen Buchstaben."
„Gönau. Du hoschs."
„Vor dem *ka*."
„Hhhhh!"
„Vor dem *pe*."
„Schrecklisch!"
„Und vor dem *tee* auch?"
„Gonz aiig!"
„Und deshalb trauen sich die Menschen nicht zu mir?"
„Des isses. Die misse sisch äschda gegwööhne on dei Gebabbl. Weil du, du kannsch des jo net ableje."
„Ablegen."
„Kannsch du net."
„Kann ich nicht."
„Sachisch doch."
„Gut, theoretisch..."
„Hea uff, glei drei mol voll brudaal vawischt. Vasuchs bissl leisa, des *dddö*. Odda, nochä Idee, du drehsch disch bissl weg, wenns kummt. Prowias mol!"

„Eo-re-isch?“
„Bessa. Bissl.“

Während der ersten Bürgersprechstunde war Kommissar Günda noch anwesend. Jedenfalls zu Anfang. Nachdem der erste Glickerbacher mit einem launigen „Was gibtsn Neies, Tschief?“ auftauchte, verabschiedete der sich, er müsse kurz etwas erledigen.

Der Rote Ochse verfügte über die wunderbare Einrichtung einer Durchreiche zwischen Nebenzimmer und Küche. Kommissar Günda verbarg sich hinter der absprachegemäß und konnte so die Szene belauschen. Er hatte seinem Assistenten versprochen, sofort zur Stelle zu sein, sollte das Gespräch in irgendeiner Weise aus dem Ruder laufen.
„Was führt Sie zu uns?“
„Hm?“
„Was gibt es, was veranlasst Sie, die Sokodo aufzusuchen?“
„Nix.“
„Ja, dann…“

Freese erwartete, dass sein Besucher sich daraufhin wieder aufmachte, doch der blieb. Schweigend. Gelegentlich lehnte er sich zurück, schlug mal dieses, mal jenes Bein über das andere.
Die Männer sahen sich an. Worauf er wohl wartete? War es an ihm, Freese, das Gespräch in Gang zu bringen? Wohl kaum. Was konnte er mehr tun, als höflich nach dem Begehr zu fragen. Stille. Überlagert vom Brummen des Kühlschranks. Nachdem Freese das Ticken der Wanduhr wahrgenommen hatte, kam es ihm metallisch und viel zu laut vor.
„Hffff. So isses.“
Für einen Moment schien das Eis gebrochen.
„Genau.“
Darauf kehrte wieder Ruhe ein.

Freese fragte sich, ob er seinem Gegenüber etwas anbieten sollte. Er entschied sich dagegen, schließlich war man ja nicht in einem Gasthaus. Jedenfalls war er kein Wirt oder Kellner.

Es klopfte.
Ein weiterer Glickerbacher erschien in der Tür.
„Stöa isch?"
„Nänää, mia hawwe kä Geheimnisse zuänanna. Auf! Hogg disch!"

Der Mann zog einen Stuhl heran und setzte sich ebenfalls Freese gegenüber.
„Was kann ich für Sie tun?"
„Unn?", nickte der Neuzugang seinem Nachbarn zu.
„Selwa", antwortete der vielsagend.
Dann verfielen beide in Schweigen.

Die Szene wiederholte sich weitere fünf Mal. Es erschienen drei Männer und zwei Frauen. Der Platz vor Freeses Schreibtisch drohte, knapp zu werden. Tiefe, entspannte Atemzüge, gelegentlich ein Seufzer, das Knarzen der Stühle, wenn sich einer räkelte, ansonsten Stille.

„Alla!"
Einer der Späthinzugekommenen ergriff die Initiative.
„Isch packs dann mol widda."
„Isch aa."
„Isch misst aa langsom."
„Stimmt, die zwee Stund sin rum."
„Wie die Zeit vageht."
„Ä Bierle drauß?"
„Gute Idee."
„Sie net, Sie sin im Dinscht."

Im Nachhinein wertete Kommissar Günda vor allem die letzte Bemerkung als hörbaren Erfolg der Aktion.
„Hosch des gemeiikt, die hawwe sisch uff disch eigstellt, voll."
„Entschuldigung, Tschief, mit mir hat doch keiner geredet. Genau besehen haben wir uns zwei Stunden angeschwiegen."
„Ä-ä, Freese. Des is Kunscht, des is gonz wischdisch fa die Kommunikazjoon do bei uns in de Reggioon. Schweige uff Kuapfälzisch. Härrlisch!"
Fritjof Freese wartete auf eine Fortführung des Satzes.
Vergebens.
„Wollen Sie jetzt etwa mit mir weiterschweigen?"
„Isch sach mol nix."
„Also gut."
Kommissar Günda nickte und deutete auf die Uhr an der Wand.

Zehn Minuten später hob er die Arme und klatschte zwei Mal in die Hände: „Isch hab nix gsacht."

Und nun also hielt Fritjof Freese seine erste Sprechstunde alleine ab. Und er war überrascht. Das Schweigen hatte tatsächlich ein Ende: „Defoa odda degeje? Odda? Odda? Hä?"
Der Mann hielt sich nicht lange mit einer Begrüßung auf und kam gleich zur Sache. Freese wusste nur nicht, zu welcher.
„Allo! Defoa odda degeje?"
„Nun nehmen Sie doch bitte erst einmal Platz!"
Widerstrebend setzte sich der Mann Freese gegenüber.
„Wie ist denn Ihr Name?"
„Des spielt jo jetz kä Roll, odda? Defoa odda degeje? Hä?"
Freese seufzte.
„Ich weiß überhaupt nicht, wovon Sie reden."
„Saache Sie bloß, Sie hawwe des net mitkriggt, die Sauarei! Odda?", erklärte der Besucher aufgebracht. „Mit mia net! Net mit mia! Odda, odda, hä?"

„Jetzt beruhigen Sie sich doch erst einmal!"
„Des deed denne so basse. Un Ihne aa. Wahrscheinz hänge Sie do aa mit drin. Hä? Odda? Hä?"
„Entschuldigen Sie. Wir sind hier in der Sokodo. Mein Name ist Freese."
„Hase, moin Name ist Hase! Des deed bessa basse. Odda?"
„Wollen wir doch sachlich bleiben. Erklären Sie mir bitte erst einmal, worum es geht."
„A, die Radweg. Odda? Hä?"
„Radwege?"
„Gönau. Odda?"
„Das fragen Sie mich? Das wissen Sie besser. Radweg oder nicht Radweg, das scheint mir hier die Frage."
Freese wusste nicht, ob er seinem Gegenüber auf Dauer mit der gebotenen Ernsthaftigkeit würde begegnen können.
„Folgendes: Bei mia voa de Dia."
„Bei Ihnen vor der Tür…"
„Odda? Hä? Dreggt[37]."
„Ah, jetzt verstehe ich. Das geht natürlich nicht, da muss sich jemand drum kümmern um den Dreck."
„Alladings! Un was fan Dreck, was fan bleede. Odda?"
„Nur vor Ihrer Tür?"
„A, die gonz Strooß, odda?"
„Das können Sie besser beurteilen."
„Do saache Sie was. Un wie isch des beuadeile kann. Weje warum? Gonz äfach: Des is mei Strooß, odda? Hä? Odda?"
„Nun, in der Tat, Ihre Straße ist Ihre Straße."
„Des saache Sie aa, gell? Odda, odda? Hä?"
„Ja."
„Eindeudisch, odda?"
„Jjja." Die Nachfrage ließ Freese kurz zögern, ob er die Tragweite seiner Antwort würde richtig einschätzen können.

[37] Direkt

„Alla guud. Des langt mia. Isch muss donn widda. Stimme sammle. Odda, odda?"
„Wenn Sie meinen."
„Alla!"
Der Mann wirkte jetzt etwas besänftigt. Freese wollte die Chance nutzen: „Eines noch: wie war Ihr Name?"
„Isch? Isch bin de Bärnd."
Sprachs und war verschwunden.
„Aut", murmelte Freese nachdenklich. „Bernd Aut?"

Insgeheim hatte Kommissar Günda ja auf eine Kutsche am Bahnhof gehofft. Einen Zweispänner, der ihn auf staubigen Alleen zum verwunschenen Hotel bringen würde, vorbei an ehrwürdigen, herrschaftlichen Villen. Und mit jedem Meter, den sie zurücklegten, würde der Duft des Meeres noch ein wenig intensiver.

Stattdessen roch es hier unzweifelhaft nach Autoabgasen. Der Zug hatte an einer breiten Ausfallstraße gehalten, die Station wirkte daneben eher wie eine etwas zu üppig geratene Tramhaltestelle. Ein Bahnhofsgebäude gab es nicht, nur Automaten an jedem der beiden Gleise. Zu Kommissar Gündas weiterer Enttäuschung wartete auf sie auch kein Dienstmann, kein Gepäckträger mit Schiebermütze und Badekarren. Lediglich zwei weitere Fahrgäste waren mit ihm ausgestiegen, doch die waren Zimmermänner, wie ihre schwarze Cordkleidung erkennen ließ.

Kein Kiosk, kein Taxi, kein Bus. Immerhin, einen Stadtplan gab es, über dem ein Schriftzug prangte: *Herzlich willkommen in Papenwerder!* Den Werbeschildern nach sollte es in diesem Ort etliche Restaurants und Hotels geben, nichts davon war hier zu entdecken. Kommissar Günda nestelte die Buchungsunterlagen hervor und suchte die dort angegebene Adresse: *Alte Ribnitzer Allee 3.*

Wie sich herausstellte, war er eine Station zu früh ausgestiegen. Papenwerder hatte sich wohl erheblich ausgedehnt. Sein Ziel lag im alten Ortskern. Er dagegen befand sich im Neubaugebiet, in dem es neben klobigen Zweckbauten Supermärkte, Textildiscounter, ein Nagel-, zwei Tattoo-Studios und auch drei Spielhallen gab.
Allzu weit entfernt konnte die alte Stadtmitte nicht liegen, und so machte er sich zu Fuß auf den Weg zur Villa Romantica. Der

Name des Hotels hätte Kommissar Günda eigentlich abgeschreckt – *Uumeeglisch!* –, hätte er nicht ein äußerst einladendes Foto dieser altehrwürdigen Villa gesehen, umgeben von einem großzügigen Garten. Ohnehin hätte er es nicht übers Herz gebracht, sich für eine andere Unterkunft zu entscheiden, denn die Empfehlung der Villa Romantica stammte von einer guten, einer sehr guten Bekannten: von Marion Helche, seiner erklärten Lieblingswirtin in Glickerbach.

Je näher er an den alten Ortskern kam, desto versöhnlicher wurde die Architektur. Eine um die andere Villa tauchte auf, Bäume säumten die schmalen Straßen. Kommissar Günda gefiel besonders das Kopfsteinpflaster, das es hier überall gab. Er war beruhigt. Kein Anzeichen für so ein typisch modernes Feriengebiet, Siedlungen, die nur das Ziel kannten, auf engstem Raum möglichst viele Wohneinheiten unterzubringen. Außerhalb der Saison verlassen, verrammelt mit dauerheruntergelassenen Rollläden. Weit gefehlt. Im Gegenteil. Man konnte sich gut vorstellen, wie hier schon vor über hundert Jahren die Badegäste flaniert waren, in gepflegten Gärten residiert hatten, Tee und mürbes Gebäck in Griffweite. Kommissar Günda fühlte sich trotz seiner Müdigkeit beschwingt.

Endlich hatte er es geschafft. Das Foto war nicht geschönt. Die einsetzende Dämmerung tat der Ausstrahlung des Hotels keinen Abbruch, im Gegenteil. Es stand seiner Umgebung in nichts nach. Geradezu majestätisch wirkte es. Über der hölzernen Eingangstür verriet eine Zahl das Baujahr des Gebäudes: 1903. Er stieg die wenigen Stufen hinauf und entdeckte unter der Hotelklingel eine weitere: M. Helche Privat.

„Marijonne?“
Die Angesprochene lächelte nachsichtig, als Freese mit dieser Anrede in der Gaststube auftauchte.
„Darf ich Sie etwas fragen?“
„Bidde.“
„Kennen Sie den Mann, der vorhin bei mir war?“
„Wellen?“
„?“
„Welschen?“
„Gleich der erste. Es kamen noch bestimmt zwanzig andere, darunter auch etliche Frauen, aber die haben alle nur gefragt, ob der Bernd schon da war.“
„Bärnd, Bärnd? Do hawwe mia einische. Isch waa jo drauß am Schaffe, de Eikauf aleedische. Wie siehdan aus, Ian Bärnd?“
„Nun ja, wie Männer über 60 eben so aussehen.“

Freese überlegte. Es war ihm etwas peinlich, dass ausgerechnet er, der regelmäßig Zeugen zu befragen hatte, nicht in der Lage war, einen Mann zu beschreiben, der ihm eine ganze Weile direkt gegenübergesessen hatte.

„Ah, jetzt fällt mir etwas ein, eine Besonderheit. Seine Sprache.“
„Dialekt?“
„Sowieso. Nein, seine Wortwahl. Er hat auffallend häufig seine Sätze mit einem *oder* beendet. Eigentlich sogar alle, wenn ich mich recht erinnere.“
„Un hodda als aa imma noch was annares gsacht: hä?“
„Ja, genau. So im Wechsel. Wie ein Tick.“
Marion Helche lachte: „Dann weeßischs, wea des waa. Des waa de Odda-Odda.“
„Oder, das ist sein Nachname?“
„Nää. Mia saache des zu demm, weil dea des imma sescht: *odda, odda?* Awwa des derf ma net zu demm passöhnlisch saache. Donn kriggda glei soän Hals. Dea meiikt des nämmlisch gaa net

mit demm viele *odda*."

„Keine Sorge, ich habe mir nichts anmerken lassen. Und was ist das für einer? Er war jedenfalls richtig aufgebracht, als er bei mir war."

„Hawwe Sie des net mitkriggt?"

„Was?"

„A, do schwätze doch alle driwwa in Gliggabach. Des is des Thääma bei uns."

„Welches Thema? Ist was passiert? Und warum sagt mir keiner etwas? Immerhin vertrete ich hier die Polizei. Ich muss das wissen."

„Nää, nix is bassiat. Gliggabach wärdd doch Fahrradstadt. Hawwe Sie des noch net gheat?"

„Fahrradstadt?"

Marion Helche holte tief Luft und erzählte Freese von den Plänen der Stadt. Die allerdings nicht überall gut ankämen.

„Beispielsweis net beim Odda-Odda."

Der lehne es nämlich rundweg ab, dass ein Teil seiner Straße zum Fahrradweg werde. Als die Markierungsarbeiten beginnen sollten, habe man auch bei ihm zur Vorbereitung Halteverbotsschilder aufgestellt. Was ihn dazu bewogen habe, sein Auto genau in diesem Bereich zu parken. Er habe sogar eigens seinen Anhänger geholt, samt Laubsauger und Rasenmäher – *ähna zum Druffhogge* – und alles dort abgestellt. Hartnäckig habe er sich geweigert, den Platz zu räumen.

„Dodebei hot dea ä eigini Garaasch! Un zwee Stellplätz."

Nun, so zeigte sich Marion Helche verständnislos, nun könnten die Markierungsarbeiten nicht beginnen.

„Das verstehe ich nicht, Glickerbach ist groß, fängt man eben in einer anderen Straße an", wandt Freese ein.

Das wiederum gestalte sich deshalb schwierig, da mittlerweile auch andere ihre Straße blockierten.

„De Odda-Odda mescht Stimmung degeje."

„Dö-gee-jö?“ Freese stutzte. „Stimmt, das hat er mich gefragt, als er reinkam. Ob ich dö-gee-jö bin.“
„Un was hawwe Sie gsacht?“
„Nichts. Ich habe ihn reden lassen.“
„Des is schun mol guud. Isch find des nämmlisch rischdisch mit denne Fahrradweg. Schun weje de Umwelt. Un iwwahaupt. Uff jedn Fall, dea geht jetz als rum un bringt die Leit durschenanna. Des wäa än Gomblott un soän Kees halt. Vaschwörung wea des. Do steckt wea dehinna. Des deeda aa noch rausfinne, wea des is. Dea soll grad mol zu mia kumme. Demm deedisch Bscheid gäwwe. Isch vasteh gaa net, was dea hot.“
„Vielleicht mag er keine Fahrradfahrer.“
„Pfff. Dea geht doch als selwa rum wieän Gstöade mit soim alde Howwl[38]. Do musch als uffbasse, dassa disch net vawischt. Blind wie dea is.“

Freese merkte, dass er zunehmend Mühe hatte, den Ausführungen der Wirtin zu folgen, die sich nun doch in Rage redete.
„Nun ja“, gab er zu bedenken. „Auseinandersetzungen gibt es immer und überall, wenn Entscheidungen seitens der Verwaltung getroffen werden. Hauptsache, man klärt die Angelegenheiten friedlich, wie sich das in einer Demokratie gehört.“
„Gönau. Äh, was annares, wie gehtsm Tschief eigendlisch? Hawwe Sie schun was gheat?“
„Nein, der wird vermutlich gerade angekommen sein und sich einen ersten gemütlichen Abend machen. Wie ich jetzt auch. Bis morgen, Marijonne!“
„Selwa. Un basse Sie bissl uff draus.“
„Aufpassen, wieso?“
„Net dassie unnas Fahrrädl kumme!“

---

[38] Hobel

Nur zu gerne hätte sich Kommissar Günda einen schönen Abend gemacht, genau darauf hatte er sich gefreut. Das hätte jedoch zuallererst vorausgesetzt, dass er sein Gepäck los werden, dass er sein Zimmer beziehen könnte.
Die Tür der Villa Romantica aber war verschlossen, und auf sein Klingeln reagierte niemand.
„Des fängt jo glei mol subba oo."

Er besah sich die Unterlagen und stieß auf einen Passus, den er bislang überlesen hatte. Sollte die Rezeption geschlossen sein, so erhalte er seinen Schlüssel in einem Kasten, der sich neben der Tür zum Geräteschuppen befinde. Kommissar Günda machte sich auf die Suche und fand tatsächlich das Behältnis. Zu seinem Leidwesen musste er allerdings entdecken, dass zum Öffnen eine Zahlenkombination einzugeben war. Und tatsächlich, auch diesen Umstand erwähnten seine Reisedokumente. Samt Zugangscode.

Kommissar Günda gab die angegebene Nummernfolge ein. Nichts passierte.
„Isch habs geahnt. Kood. Was is jetz des widda fan Kees, fan neimodische!", murmelte er zu sich.
Zweiter Versuch. Wieder ließ sich nichts öffnen.

Kommissar Günda sah sich schon sämtliche möglichen Zahlenkombinationen durchprobieren, da kam ihm ein beunruhigender Gedanke: Von seinem Smartphone, ein Geschenk seines Assistenten, damit die beiden Ermittler in ständigem Kontakt stehen konnten, wusste er, man hatte immer nur drei Versuche, wenn man sich anmeldete. Gingen die alle fehl, dann war der Zugang endgültig gesperrt und musste mit einem Spezialcode wieder freigeschaltet werden. Das war womöglich hier nicht anders. Sollte er es dennoch wagen? Was, wenn er wiederum Pech hatte? Müsste er im Freien nächtigen?

Im Garten stand ein Strandkorb, immerhin. Die Polizei könnte er kaum rufen. Die würden ihm vermutlich gehörig den Kopf waschen, alarmiert dieser Depp die Ordnungshüter, *weila zu dabbisch is, vier Zahle eizumgewwe.*
„Kann ich Ihnen helfen?“
Kommissar Günda drehte sich um.
Ein kräftiger Mann, deutlich jünger als er, braungebrannt, stand ihm freundlich grinsend gegenüber. Allem Anschein nach der Gärtner, er trug eine Latzhose mit rotkariertem Hemd, Gummistiefel, und in seiner Rechten hielt er einen Spaten.
„Isch äh… brauch de Schlüssel.“
„Ah, Sie sind der Gast, der noch erwartet wird. Darf ich mal Ihre Unterlagen sehen?“
Kommissar Günda streckte ihm die Dokumente entgegen.
„Moment…“
Er kramte in seiner Hosentasche nach seinem Geldbeutel und zog den Personalausweis hervor: „Bidde.“
„Danke, den brauche ich nicht.“
„Isch hab gedenkt…“, setzte Kommissar Günda an und brach ab.
Der Mann lachte.
„Lassen Sie mich raten: Sie haben gedacht, hier im Osten kontrolliert jeder jeden, stimmts? Selbst der Gärtner. Hab ich recht?“
„Hmpf“, antwortete Kommissar Günda, denn er fühlte sich ertappt.
„So, dann schauen wir mal. Haben Sie diese Zahlen eingegeben?“
„Hm.“
„Nichts passiert?“
„Ähä.“
„Ganz einfach, Sie müssen dann noch auf Sternchen drücken. Bittesehr, Ihr Schlüssel!“
„Ou, donge!“

„Ihr Zimmer ist im ersten Stock. Nummer 10. Soll ich Ihnen beim Gepäck behilflich sein?"
„Nänää. Sgeht schun. Äh schon."
„Wenn Sie noch etwas essen wollen, ein paar Straßen weiter ist ein vorzügliches Fischrestaurant."
Kommissar Günda winkte ab.
„Verstehe, Sie schlafen sich erst einmal aus und erholen sich von den Strapazen der Reise. Dann eine angenehme Nacht."
„Gleischfalls. Donge!"
„Ach ja, morgen um 6 meldet sich dann bei Ihnen die Volkspolizei."
„Hm?"
„Wegen des Ausweises."
„Ou."
„Scherz!"

Fritjof Freese atmete auf, als er sich zu Hause ins Sofa fallen ließ. Was für ein anstrengender Tag, was für raumfüllende Zeitgenossen, mit denen Kommissar Günda bis auf die Sprache denn doch wenig gemeinsam hatte. Zum Glück. Der war in seiner bisweilen etwas ruppigen Schale weit dezenter und einfühlsamer im Umgang mit seinen Mitmenschen.

Einer jedoch hatte ihn tatsächlich überrascht. Erstaunlich, dass dieser Weizen eine solche Fürsorge gegenüber seinem Chef an den Tag gelegt hatte. So vehement Freese Kornfelds Einschätzung widersprochen hatte, so wenig war er selbst überzeugt davon. Vielleicht war doch etwas dran. Gut, es war nicht Kommissar Gündas erste Reise, seit Freese mit ihm zusammenarbeitete. Da gab es diesen Kuraufenthalt an der Nordsee[39], den sein Vorgesetzter jedoch weit vor der Zeit abgebrochen hatte, angeblich, weil er sich um einen aktuellen Fall zu kümmern hatte. Gemeinsam hattten sie den auch binnen kürzester Zeit gelöst. Moment mal: *Kur?* War das nicht bereits der erste Schritt in betreute Gefilde gewesen? Hatte er sich dort nicht auch in die Obhut ärztlicher Aufsicht begeben? Er hatte den damaligen Kuraufenthalt abgetan mit einer völlig überzogenen Empfehlung seines Hausarztes: *Hea, Günda,* habe der gesagt, *dei Haxe, doin Ranze. Isch deed saache, du gheasch mol uff Kua! – Hawwisch gedenkt: Alla guud, machischs halt.*
Gut, er war ja auch in einem Alter, in dem der Körper seinen Tribut forderte. Sport trieb er keinen, und ob seine Ernährung so ganz das Wahre war, daran durfte man getrost Zweifel haben. Hätte es nicht immer wieder im Roten Ochsen die Fürsorglichkeit der Wirtin gegeben, die ihnen so manche nahrhafte und gesunde Speise bescherte, wer weiß, wie sich dieser Mann sonst ernähren würde. Vermutlich von Tütensuppen, Tiefkühlkost und fetttriefender Currywurst.

---

[39] siehe *Muffzekopp*, 2. Fall für Mister Nochdenkerles

Ganz fremd waren Freese solche Ernährungsweisen ebenfalls nicht, aber er steckte das noch weg, schließlich war er zwanzig Jahre jünger als sein Chef.

Dass der nicht leichtfertig durchs Leben ging, sich manches zu Herzen nahm, auch das war kein Geheimnis. Und natürlich fehlte eine Frau in Kommissar Gündas Leben. Allein in den paar Jahren, die sie zusammenarbeiteten, hatte es mindestens zwei gegeben, die diesem knorrigen Kauz das Herz gebrochen hatten. Vielleicht war zwischenzeitlich eine weitere tragische Episode dazugekommen, ohne dass es Freese bemerkt hatte.

Noch eines kam Freese in den Sinn: Kommissar Günda hatte immer mal wieder durchblicken lassen, dass ihn das Thema *Rente* beschäftigte. Nicht persönlich, dafür ging er viel zu sehr in seinem Beruf auf, aber sein Umfeld ließ ja keine Gelegenheit aus, davon anzufangen. Immer mehr waren *auf der Zielgeraden.* Kommissar Günda machte sich zwar immer wieder gerade über diese Formulierung lustig, aber konnte er sich dem Thema wirklich entziehen? Dieses ständige Gerede vom winkenden Ruhestand musste doch Wirkung zeigen. Oder war er am Ende tatsächlich ernsthaft krank? Diesen Gedanken verwarf Freese, dafür sprach nichts, den Eindruck machte er nicht. Nicht einmal sonderlich abgenommen hatte er. Was ihm allerdings nicht unbedingt geschadet hätte.
Halt! Wäre ihm das überhaupt aufgefallen? Freese musste sich eingestehen, dass er, was Veränderungen bei Männern anbelangte, über eine eher begrenzte Wahrnehmungsfähigkeit verfügte. Ganz anders bei Frauen. Aber das war ein anderes Thema. Kein aktuelles für Freese. Jedenfalls an diesem Abend. Den wollte er nun einfach nur genießen.

Wiebke war bereits zwei Tage weg, und Freese musste sich unumwunden eingestehen, er war ganz schön stolz auf sich.

Dass er ihr eine Fernreise geschenkt hatte. Er, der doch angeblich nicht ohne seine Mutter klarkäme. Sie sollte ihn jetzt sehen, ein Glas Rotwein in der Rechten, vor ihm eine aktuelle Serie auf dem Großbildschirm.

Selbstverständlich lag sie falsch mit ihren immer häufiger auftauchenden Vorwürfen, was ihre Wohngemeinschaft anbelangte. Was war plötzlich daran falsch?
Jeder hatte seinen eigenen Wohnbereich, seinen eigenen Eingang. Gelegentlich saßen sie zusammen, etwa, wenn sie gekocht hatte. Was sie, wie sie früher nicht müde wurde zu beteuern, ja ausgesprochen gerne machte.
Er hatte Freundinnen, sie Freunde. Gut, aktuell lebten beide offensichtlich abstinent. So etwas kam eben vor.

Sticheleien gab es eigentlich nur von den Alten, zum Beispiel von seinem Chef: „Du woohnsch also noch bei de Muddi!"
Das hatte man eben von dieser konservativen Generation hinzunehmen. Wahrscheinlich der blanke Neid. Sein sonstiges Umfeld verlor darüber kein Wort, was Wunder, war er doch beileibe kein Einzelfall. Die Frauen schienen sich auch nicht weiter daran zu stören, sie zeigten durchaus Gefallen an seiner Unabhängigkeit. Er suchte eben keine Haushälterin, keine Köchin, keine Putz-, keine Waschfrau. Die hatte er ja. Freese schmunzelte.

Wiebke hatte jedoch vor kurzem begonnen, entsprechende Bemerkungen zu machen, die er zunächst nicht recht einordnen konnte. Auslöser war eine Frotzelei gewesen. Vielleicht auch dem einen oder anderen Glas Wein zuzuschreiben. Jedenfalls hatte sie zu später Stunde, während er sich mit dem neuen Korkenzieher abmühte, gewitzelt: „Fritti, weißt du was? Ich glaube, du bist abhängig von mir."
Und sie hatte lauthals gelacht.

Freese hatte das überhaupt nicht witzig gefunden. Ihn hatte diese Aussage getroffen, auch wenn er es sich nicht hatte anmerken lassen.

In der Folge war ihm immer häufiger aufgefallen, dass sie bei Gelegenheit gerne Kommentare in diese Richtung abgab. Das hatte ihn schließlich veranlasst, ihrer These nicht bloß zu widersprechen, sondern sie kurzerhand zu widerlegen. Mit einem besonderen Geschenk, einer Kreuzfahrt.
Eigentlich nichts für Wiebke, das wusste er. Aber es war ihm tatsächlich gelungen, eine Reise aufzutun, die mit einem Programm ganz nach ihrem Geschmack aufwartete: eine Rock-Reise Richtung Skandinavien.
An Bord waren viele der Bands, von denen sie so gerne erzählte. Vor allem, wenn sie mit seinem Chef zusammen saß.

Freese grinste. Wiebke hatte keine Ahnung gehabt, wo er sie hinschicken würde. Bis zuletzt. Er hatte alles sorgfältig arrangiert und geheim gehalten.
„Vertraue mir!“

Wie überrascht und begeistert sie jetzt wohl sein würde! Das hätte sie ihm bestimmt nicht zugetraut.

Auch das nicht.

Es war eine gute Nacht gewesen, kein Wunder nach diesem langen Tag. Völlig übermüdet war Kommissar Günda ins Bett gefallen.

Seinen Koffer hatte er lediglich kurz geöffnet, um die Schlaf-Utensilien zu suchen: Pittschama[40], Zoohbärscht[41], Weschlumbe[42].
Nicht ganz einfach in dem Durcheinander. Er hatte noch nie eine Veranlassung gesehen, beim Packen nach irgendeiner Ordnung vorzugehen, schließlich hatte er ja auf niemanden Rücksicht zu nehmen. Und so hatte er auch dieses Mal alles, was ihm nützlich und notwendig schien, kurzerhand in den Koffer geworfen, bis nichts mehr hinein gepasst hatte. Was schnell der Fall gewesen war. Würde er vor Ort noch etwas zusätzlich benötigen, so würde er das eben kaufen. Man war schließlich nicht aus der Welt.

An diesem Morgen rätselte er zunächst minutenlang, wo er sich befand, so benommen war er vom tiefen Schlaf. Bis er die Vorhänge aufzog, sein Blick auf den großzügigen Garten fiel und schließlich auf einer Möwe landete, die ohne jede Hast den Himmel durchstreifte. Unfassbar. Er war tatsächlich nicht zu Hause. Er war an einem Ort, von dem er im Grunde nur wusste, dass er an der Ostsee lag. Da sollte noch einer sagen, er sei nicht flexibel. Geradezu abenteuerlustig kam er sich vor in diesem fremden Haus mit dieser fremden Schlafstätte. Letztere auf seinen Wunsch kein Einzelbett. *Isch kanns net hawwe.* Den Luxus gönnte er sich gerne.
Das Zimmer verfügte auch sonst über alles Notwendige, Tisch, Stuhl, Flachbildschirm, und es besaß obendrein einen Erker, in

---

[40] Pyjama
[41] Zahnbürste
[42] Waschlappen

dem sich ein Ohrensessel samt Beistelltischchen befand. Wie anheimelnd!

Im Flur war bereits viel Bewegung zu vernehmen, das Haus war gewiss ausgebucht. Bevor er sich auf den Weg zum Frühstück machte, kümmerte er sich um sein Gepäck. Seine Sachen, *gonz schää fagnoddlt un fagrumblt*[43], konnten sich ja hier aushängen und wieder Form annehmen. So sie die jemals gehabt hatten. Unterhosen bügelte man seines Wissens ohnehin nicht. Oder etwa doch? Vorsorglich hängte er auch diese über die restlichen Bügel.

Dann machte er sich auf den Weg zum Frühstücksraum. Er war gespannt, aber auch etwas unruhig. Denn noch hatte er keine Ahnung, wie er sich dort verhalten sollte.
Für Kommissar Günda war dies nämlich nicht nur ein Urlaub. Er hatte eine veritable *Missjoon.* Im Auftrag der Wirtin vom Roten Ochsen. Objekt war die Besitzerin der Villa Romantica. Eine gewisse M, wie sie Marion Helche nur nannte. M wie Michaela. M wie Mama. M wie Marion Helches Mutter.

Das Verhältnis zwischen Mutter und Tochter war schon lange schwierig, Störungen hatte es mehr als genug gegeben. Seit letztem Jahr war der Kontakt gänzlich abgerissen. Wie Marion Helche fürchtete, womöglich endgültig. Mit den wichtigsten Einzelheiten der Vorgeschichte hatte sie ihn in einer stillen Stunde vetraut gemacht. Im Roten Ochsen, als endlich auch die letzten drei Stammtischbrüder das Lokal verlassen hatten. Wenn auch erst nach einem eindringlichen Appell der Wirtin: „Jetz langt mias, Männas! Feiaoowett!"

Nun endlich waren die drei Restetrinker abgezogen, Marion

[43] zerknittert

Helche hatte umgehend die Tür hinter ihnen abgeschlossen.
„Sie kenne kumme, Tschief!"
Kommissar Günda, der sich in der Küche verborgen gehalten hatte, um auch ja niemanden zum Verweilen zu verleiten, setzte sich zu ihr an den Tresen.
„Ä Bierle, Tschief?"
„Gärnn."
„Isch aa."

Und dann hatte Marion Helche ihm ihr Herz ausgeschüttet. Nach mehreren unglücklichen Männergeschichten, die sie nach Lanzarote, Korsika und Portugal verschlagen hätten, sei ihre Mama nun an der Ostsee gelandet. Nördlich von Rostock: in Papenwerder. Vermutlich eines Mannes wegen. Denn es habe nie lange gedauert, bis sie sich wieder männlicher Begleitung versicherte. Weil sie nicht allein sein könne, wie Marion Helche vermutete. Eine Schwäche ihrer Mutter.
„Finsch?"
„Alladings. Allää, des sin Sie doch aa, Tschief, odda? Unne? Sgeht aa. Gaa net schlescht soggaa."
„Awwa aa net imma guud, Marioon."

Die Ehe der Eltern sei früh gescheitert, der Kontakt zum Vater bald eingeschlafen. Marion Helche vermutete, ihre Mutter sei dafür verantwortlich, sie habe das hintertrieben. Sie hatte der Tochter erzählt, der Vater habe sehr bald nach der Trennung eine neue Familie gegründet. Angeblich. Marion Helche bezweifelte die ganze Geschichte mittlerweile.
„Dann hosch du also bei deinare Muddi glebt."
„Gönau. Mia hawwe jo die Wärttschaft ghabt, de Roode Ochse. Mei Eldan hawwe viel inveschdiat, un donn is mei Muddi alläa dogstanne. Do hawwisch schun frih mithelfe gemisst."
„Klaro. Des vasteh isch voll."
„Awwa des waa gonz schää hartt. Manschmol glei helfe,

wennisch vun de Schul kumme bin. Un späda donn rischdisch. Zapfe, bediene, zammeroome, eikaafe, des volle Programm."
Auf die Frage, wieso Mutter und Tochter irgendwann nicht mehr gut zusammengearbeitet hätten, zuckte Marion Helche mit den Achseln. Richtig gut habe es eigentlich nie funktioniert. Spätestens mit dem Einsetzen der Pubertät habe es immer häufiger Auseinandersetzungen gegeben, weil es für die Tochter nun keineswegs mehr selbstverständlich gewesen sei, in der Gastwirtschaft zu helfen. Sie habe eben ihren Freiraum verlangt, altersgemäß, habe ausgehen wollen, Freunde treffen. Ein normales Privatleben sei jedoch mit einem Gastronomiebetrieb nicht möglich.
„Waa middags aa schun offe?"
„Sebvaständlisch. Stammesse. Imma Schni-Po-Sa[44]. Ruhedaag: Muundaag[45]. Wea hottn do frei?"
„Frissea[46]. Parra[47]."
„Eewe, Tschief. Eewe."
„Wemm sein Lade is des eigendlisch, de Roode Ochse?"
„A, meina."
„Sauwa. Un fria?"
„Meim Oobaa un meinare Oomaa hot dea gheat. Die hawwes meim Vadda va-ärbt. Un wie sisch mei Eldan hawwe scheide glosst, hot mein Vadda de Roode Ochse meinare Muddi iwwaschriwwe. Dass Ruh is. Dassie Ruh gibt."
„Ou. Aa net schlescht."
„Tschief, mei Muddi, die hot des imma druff ghabt. Die Männas, die hawwe imma gonz schää latze[48] gmisst bei derre."
So sei Michaela Helche später durch halb Europa gezogen, mal habe sie ein Café betrieben, mal eine Strandbar und jetzt eben

44 Schnitzel, Pommes und Salat
45 Montag
46 Friseur
47 Pfarrer
48 zahlen

wohl ein Hotel. Immer seien Männer die Geldgeber gewesen. Bevor sie dann irgendwann ausgemustert und bald ersetzt worden seien.
Die Konflikte zwischen Mutter und Tochter hätten jedenfalls früh ein nicht mehr erträgliches Ausmaß angenommen.
„Mach des, du sell un jähnes! Do hot mias glangt. Unna uns: Mia sin schun zwee so Hitzeblitz[49], mei Mudda un isch."
„Ealisch? Des is mia noch gaa net uffgfalle, Marioon."
„Seie Sie froh, Tschiefl"

Jedenfalls sei sie damals immerhin über zwanzig gewesen, da habe sie sich nichts mehr sagen lassen. Und so habe die Mutter irgendwann entschieden, der Tochter den Roten Ochsen zu überlassen.
„Un dei Muddi?"
„Die is halt ab. Fortt. Nadierlisch mit soämme Strooma[50]. Do steht die druff, scheinz. Hauptsach, ea hot was druff. Finonziell!"

Die Bitterkeit in Marion Helches Worten hatte Kommissar Günda überrascht, und ihr Ton blieb anklagend, als sie die weitere Entwicklung kurz zusammenfasste: „Bloß Sseftl vun derre Sortt."
„Des hosch du derre gsacht?"
„Hajo. Des hawwisch meinare Mudda gsacht. Donn hots nadierlisch glei mol widda geglebbat."

Kommissar Günda hatte kurz erwogen einzuwenden, dass es ja vielleicht auch Sache der Mutter sei, sich einen geeigneten Partner auszusuchen. Dass die erwachsene Tochter da möglicherweise nur ein bedingtes Mitspracherecht haben sollte.

---

[49] fährt schnell aus der Haut
[50] Herumtreiber

Doch das war ihm in diesem Moment unpassend erschienen.
„Un jetzat?“, fragte er stattdessen, um einen besänftigenden Tonfall bemüht.
Mama Helche sei eben seit einem Jahr wieder in Deutschland und betreibe ein Hotel an der Ostsee.
„Unn?“
„Wie unn? Nix unn! Kä Ahnung!“

Regelrecht bockig war ihm Marion Helche plötzlich erschienen, so hatte Kommissar Günda sie noch nie zuvor erlebt. Nun vermochte er sich schon besser vorzustellen, wie heftig Auseinandersetzungen mit ihr verlaufen konnten. Er hatte sie kurz darauf hinweisen müssen, dass nicht er es gewesen war, der um ein Gespräch zu diesem Thema gebeten hatte.
„Tschuldischung, Tschief. Sie meiike, bei demm Thääma, do geh isch glei an die Deck.“
„Isch habs gemeiikt, Marioon. Wie soä Habee-Männl[51]. Allo, was sollischn mache fa disch?“
„Hiifahre.“
„Wuhie? Zu derre? Zu deinare Muddi? Wisso? Isch hab gedenkt, die Sach is aledischt. Rum. Feiaoowett.“
„Unna uns, Tschief, awwa, des muss ubedingt unna uns bleiwe…“
„Sebvaständlisch. Allo, auf! Vazehl, Marioon!“

Sie hatte erst gedruckst und dann kurz und knapp mit der Sprache herausgerückt: Sie habe jemanden kennengelernt.
„Än Monn?“
„Nää. Än Dalmadina! Tschief, bidde!“
„Un was fa ähna?“
„Bissl älda als wie isch, bissl greßa, än schnugglische.“
„Jetz sach net, de Freese, Marioon! Bidde net!“

---

[51] HB-Männchen

„De Freese? Ian Frischling? Oh liewi Zeit, im Leewe net."
„Mooment…"
„Isch weeß, nix geje Ian Frischling, awwa dea is nix fa misch."
„Schun weje de Sprooch, gell?"
„Gönau, Tschief."
„Kennisch denn, doin Laffa[52]?"
„Nää."
„Hä? Wisso net? Waa dea noch gaa net doo?"
„Selde." Marion Helche war etwas kleinlaut geworden: „Des is noch zimmlisch frisch, Tschief."
„Awwa s is schun was Ärnschdes?"
„Ähä."
„Ia wollt heiare, am beschde glei mogge. Stimmts?"
Kommissar Günda hatte mahnend die Brauen gehoben, Marion Helche prompt reagiert: „Gönau!"
„So dringend?"
„Tschief, uff was sollischn waade? Isch bin aa nimmie die Jingscht."
„Des seh isch bissl annaschda, Marioon. Awwa des musch du wisse."
„Eewe."
„Un isch soll also nuff. Voafihle bei deinare Muddi. Bessa gsacht, isch soll spioniere."
„Nää!"
„Doch."
„Bissl. Tschief, Sie deede mia än riesische Gfalle du. Isch glaab, mia zwee, mei Muddi un isch, mia brauche än Vamittla."
„Un dea wärdd donn wahrscheinz glei mol aschosse."
„Kä Ängscht, Tschief! Zu de Männas, do is mei Muddi gonz annschda als wie zu mia."

---

52 Lover

Und nun befand er sich also im Haus dieser Frau, der er die frohe Botschaft *on de Kopp knalle sollt*, und hatte noch keine Strategie, wie er dieses Kunststück bewältigen sollte.

Doch eines nach dem anderen. Sein Aufenthalt an der Ostsee hatte ja gerade erst begonnen. Wer weiß, wenn er die Nachricht von der geplanten Hochzeit zu früh oder ungeschickt übermitteln würde, wäre der Urlaub schneller beendet, als ihm lieb wäre, so wie Marion Helche ihre Mutter geschildert hatte. Er konnte es erwarten, in die Mühlen uralter Konflikte zu geraten.

Der Frühstücksraum überraschte ihn. Für gewöhnlich gab es in der Gastronomie nur ganz wenige Einzeltische, gerne aufgestellt in unmittelbarer Nähe zu den Sanitäranlagen. In der Villa Romantica fanden sich dagegen ausschließlich kleine Tische, an denen durch die Bank jeweils nur ein Gast saß. Auch auf dem einzig freien Tisch, ihm zugedacht, wie sich dem Namensschild entnehmen ließ, befand sich lediglich ein Gedeck. Zweierlei gefiel Kommissar Günda besonders: Er saß am Fenster, und an allen anderen Tischen frühstückten ausschließlich Frauen.

„Kenne Sie mol kumme? Sgibt ä Probblähm!"
Marion Helche lugte aus der Durchreiche, kaum hatte Fritjof Freese sich in der Sokodo niergelassen.
„Ist etwas passiert? Etwas Schlimmes?"
„Wie mas nimmt. Sgeht um ä Fahrräddl."
„Es geht um ein Fahrrad?"
„Gönau. Des is fortt."
„Entschuldigung, Frau Helche, aber was habe ich damit zu tun?"
„Sie sin doch vun de Bollezei."
„Schon. Aber wir befassen uns mit größeren Delikten als gewöhnlichen Fahrraddiebstählen."
„Awwa des issä Iibeik[53]. Deia[54]."
„Die Marke kenne ich nicht."
„Maiike? A so, nää. Deia, des hot viel gekoscht so gsacht. Teuha. Ä Iiiibeik."
„Ach so, ein E-Bike, verstehe. Und wenn schon, solche Diebstähle kommen am laufenden Band vor."
Dann musste Freese an den Appell seines Chefs denken und seufzte: „Also schön, was solls. Wo muss ich hin?"
„Zum Weng."
„Nie gehört."
„Fitness."

Es stellte sich heraus, dass es einen besonderen Grund gab, weshalb ein Vertreter der Sokodo erwünscht war. Eigentümer des abhanden gekommenen Fahrrades war nicht irgendwer, es handelte sich um Altstadtrat Schmidtke. Er pflegte, drei Mal die Woche am frühen Morgen in der Glickerbacher Filiale vom *Fit mit Fun* sein Trainingsprogramm zu absolvieren. Von Punkt 8 Uhr bis Punkt 9 Uhr 30. Freese würde von ihm bereits sehnsüchtig erwartet, das hatte ihm Marion Helche mit auf den Weg

---

[53] E-Bike
[54] Teuer

gegeben. Es zeigte sich, dass das nur bedingt den Tatsachen entsprach.
„Guten Tag, Herr Schmidtke. Fritjof Freese von der Sokodo. Frau Helche hat mir mitgeteilt, dass Sie unsere Hilfe benötigen."
Der drahtige Endsechziger vor dem Eingang zum *Fit mit Fun* reagierte ungehalten: „Wu issen de Tschief?"
„Kommissar Günda befindet sich im Urlaub."
„Ualaub? Long?"
„Ja. Zwei Wochen."
„Ou. Soä Mallea."
„Vielleicht kann ich Ihnen weiterhelfen."
„Isch bräuscht awwa ähna vun de Bollezei."
„Ich bin von der Polizei, Sokodo."
„Kenne Sie kähna rufe?"
„Ich bin Kommissar Gündas Assistent."
„Dea hottn Assischdent? Seit wonn?"
„Schon geraume Zeit. Wir können jetzt weiter diskutieren, oder wir kümmern uns um die Angelegenheit. Ich bin der Meinung, wir haben keine Zeit zu verlieren. Wenn ich richtig verstanden habe, ist Ihnen Ihr Fahrrad gestohlen worden."
„Iibeik. Kä Fahrrad. Mei Iibeik is geglaut. Soän Lumbe-Sseggl."
„Wo haben Sie es denn abgestellt?"
„A doo, wie sischs gheat."
Er deutete auf den Fahrradständer, in dem gut und gerne zehn Bikes artig aufgereiht waren. Keine Billigware, wie selbst Freese als Laie unschwer bemerkte.
„Alterle", meinte Freese, bemüht um einen mundartlichen Tonfall, wofür er einen missbilligenden Blick erntete.
„Und als Sie mit Ihrem Training fertig waren, war das Fahrrad, pardon, das E-Bike verschwunden."
„Gönau."
„Hatten Sie es denn auch ordnungsgemäß mit einem Schloss gesichert?"
„Hea mol, binnisch jetzat aa noch vadäschdisch? Was glaawen

Sie? Sebvaständlisch hawwisch des. Zwee Mol!"
„Dann bräuchten wir eine genauere Beschreibung des Modells, die Nummer, Ihr Fahrrad ist doch bestimmt registriert."
„Des brauche Sie net."
„Warum?"
„Isch kann Ihne saache, wea des gwest is."
„Ach, Sie wissen, wer Ihr Fahrrad gestohlen hat?"
„Alladings. Dea Sseftl, dea bleede. Dea mescht schun die gonz Zeit Probblähme zu mia."
„Und wen haben Sie im Verdacht?"
„A, de Odda-Odda!"

Freese war nicht wirklich überrascht. Irgendwie hatte er vermutet, das Radwegthema würde noch für Ärger sorgen.
„Und warum sollte das Herr Oder machen?"
„Weila än Kerulant[55] is, än dabbische."
Hier schien es sich eindeutig um einen herabwürdigenden Gebrauch des Wortes zu handeln. Freese nickte versonnen.
„Aha!" Schmidtke horchte auf: „Sie hawwe des also aa schun gheat?"
Ein weiteres Mal nickte Freese, diesmal vorsorglich, um den Redefluss nicht zu hindern.
„Vahaffde misse Sie denn. Soffortt."
Langsam, wollte Freese einwenden, doch sein Gegenüber kam ihm zuvor: „Donn deed isch saache, gehe Sie glei mol los."
Dieser Gedanke wiederum war Freese nicht unrecht.

[55] Querulant, gelegentlich können Konsonanten verschwinden

Nach dem ausgiebigen Frühstück, bei dem er vergeblich nach Michaela Helche Ausschau gehalten hatte – um die Gäste kümmerte sich ein adretter junger Mann –, machte Kommissar Günda unverhofft Bekanntschaft mit der Hotelchefin. Sie stand an der Rezeption. Kommissar Günda wusste sofort, wen er vor sich hatte, unverkennbar die Mutter ihrer Tochter.
„Ah, da ist ja der späte Gast von gestern Abend. Herzlich willkommen in der Villa Romantica. Hatten Sie eine gute Anreise?"
„Hawwisch ghabt." Kommissar Günda korrigierte sich: „Habe isch."
„Schön! Hat alles geklappt mit dem Zimmer? Wie ich hörte, gab es erst ein paar Probleme mit dem Schlüssel. Sie sehen ja, wir sind nur ein kleines Hotel, die Rezeption ist nicht rund um die Uhr besetzt. Ich bitte um Verständnis für die Umstände."
„Kä Probblähm. Äh, koin Probblähm."
„Und sonst, alles zu Ihrer Zufriedenheit? Zimmer? Bett? Frühstück?"
„Schun, äh, isch moine schoon."
Michaela Helche lächelte gewinnend. Kommissar Günda konnte sich in diesem Moment nicht vorstellen, wie man mit dieser Frau in Konflikt geraten konnte. Was er sich dagegen sehr gut vorstellen konnte, das war, dass sich Männer von ihr angezogen fühlten.
„Tun Sie mir den Gefallen, Herr Günda, Sie können gerne so sprechen, wie Ihnen der Schnabel gewachsen ist. Sie werden lachen, ich verstehe Ihre Sprache sehr gut."
„Ealisch? Wisso?", entfuhr es Kommissar Günda spontan, und sogleich bedauerte er diese unbedachte Bemerkung, die ihm vielleicht noch Ärger einbringen würde, gaukelte sie doch vor, dass er nichts über sie wusste.
„Nun, Sie kommen doch aus dem Raum Heidelberg, stimmts?"
„Stimmt."
„Mein Ex-Mann war gebürtiger Heidelberger, er stammt aus

einem kleinen Ort dort in der Gegend: Glickerbach. Kennen Sie vielleicht auch."
„Bissl."
Kommissar Günda fühlte sich unwohl, dass er die Chance, sogleich mit offenen Karten zu spielen, verpasst hatte.
„Was für ein verschlafenes Nest! Kein Verlust, wenn man das nicht näher kennt. Jedenfalls, mein Ex-Mann war ein echter Einheimischer, er hat ganz ähnlich gesprochen wie Sie. Wenn er denn mal gesprochen hat! Aber das ist ein anderes Thema. Insofern, tun Sie sich bitte keinen Zwang an!"
„Donge."
„Und jetzt geht es an den Strand, nehme ich an."
„Gönau. Is des weit?"
„Sie meinen, ob er zu Fuß zu erreichen ist? Oh ja, unbedingt. Es ist nur ein kleiner Spaziergang durch unser Wäldchen. Oder Sie leihen sich bei uns ein Fahrrad aus."

Marion Helche hatte alle Hände voll zu tun. Die Freiluftsaison war in vollem Gange, vor dem Roten Ochsen hatte sie fünf Tische mit jeweils vier Stühlen aufgestellt, und alle waren ab dem frühen Nachmittag belegt. Außerdem gab es nach langer Zeit wieder Übernachtungsgäste: Freizeitradler, die planten, durch das Neckartal nach Heilbronn zu fahren, aber bislang nicht den Absprung gefunden hatten. Mal war das Wetter zu unbeständig, mal das Essen im Roten Ochsen zu lecker, stets das Bier zu süffig.

All das bewerkstelligte Marion Helche mit einem Koch, zwei Küchenhilfen und anderthalb Servicekräften. Sie selbst stand am Tresen, kümmerte sich um die Logistik, um den Einkauf, um die abendliche Buchführung. Wann immer Not am Mann war, sprang sie ein. Und nicht gerade selten hakte und klemmte es irgendwo. Dazu kam, dass sie sich darauf eingelassen hatte, einen jungen Mann als Praktikanten zu beschäftigen. Vormittags in der Küche und im Lager, nachmittags auf der Terrasse. Es handelte sich um den Sohn einer Freundin, der von der Schule aus ein einwöchiges Praktikum zu absolvieren hatte, sich binnen drei Monaten selbstständig einen Platz dafür suchen sollte und der sich bis zum Vortag des Beginns um nichts gekümmert hatte. Der Anruf der entnervten Mutter hatte sie am Sonntagabend erreicht.
„Alla guud“, hatte sie geantwortet und sich nichts weiter dabei gedacht. „Donn schick ma doin Buu mogge frih mol vobbei!“

Sie kannte Felix von Kindesbeinen an, ein netter, freundlicher, hilfsbereiter Junge. Was sich mit Einsetzen der Pubertät offenkundig grundlegend geändert hatte. Stattdessen erschien ein verschlafener, unwilliger, maulfauler *Schlaggl*[56], zu spät, aber dafür nach seinem Eintreffen ständig in sein Smartphone vertieft.

---

[56] schlaksiger Typ

Alles, wirklich alles musste sie ihm mehrfach erklären. Wenn er Gläser in die Spülmaschine geräumt hatte, vergaß er, das Gerät anzuschalten. Wenn er einen Tisch abräumen sollte, ließ er die Hälfte stehen. Wenn er Müll fachgerecht getrennt entsorgen sollte, fand sich das meiste in der falschen Tonne. Es gab nichts, auf das sie sich bei Felix verlassen konnte, lediglich auf seine Unzuverlässigkeit. Seine Standardantwort auf jede Ansprache lautete: „Keine Ahnung."

Erst hatte sie erwogen, ihn stehenden Fußes wieder nach Hause zu schicken, aber das konnte sie ihrer Freundin nicht antun. Die hatte ohnehin gerade vollauf mit ihrer Scheidung zu tun, und Marion Helche hatte keine Lust, sich die neuesten Hiobsbotschaften aus dem Trennungshaushalt auftischen zu lassen. *Alla guud*, würde sie dem jungen Mann eben eine Chance geben, lernen würde er bei ihr auf jeden Fall etwas.
Das Telefon klingelte.
„Auf, Felix, geh mol droo! Isch hab grad babbische[57] Händ."

Mit großen Augen sah ihr Praktikant sie an. Die Botschaft war nicht zu ihm durchgedrungen. Das Telefon läutete weiter.
„Hea mol, heasch du des net. Tellefoon! Felix, gehsch du mol droo, sei so guud!"

Endlich hatte er verstanden. Er ließ sich Zeit, hoffte wohl, der Anrufer würde rechtzeitig aufgeben. Vergebens. Als er den Hörer abgenommen hatte, sah er sie fragend an. Sie bedeutete ihm, etwas zu sagen. Er gehorchte tatsächlich: „Ja?"

Marion Helche stieß entnervt einen Seufzer aus. Sie befanden sich in einer Wirtschaft, sie war auf ihre Gäste angewiesen, und dieses *Bärtschtl* meldete sich so abweisend, als wären sie irgendein

[57] klebrige

illegaler Pokerclub. Das konnte ja wohl nicht wahr sein! *A, wu leebschn du, uff wellem Planet?*

Felix schwieg nun schon eine Weile. Der Anrufer überging zum Glück die Unhöflichkeit, Marion Helche konnte hören, wie ein Mann auf den Jungen einredete. Was er sagte, konnte sie hingegen nicht verstehen. Jedenfalls war es ein regelrechter Wortschwall.
Ihr Praktikant reagierte verlässlich: „Keine Ahnung."
Der Anrufer hakte nach.
„Weiß nicht."
Guggemoldo, eine unerwartete Variante! Noch immer ließ der Anrufer nicht locker. Marion Helche wurde unruhig.
„Ja."
Immerhin, Felix zeigte sich kooperativ, er schien sich auf das Gespräch einzulassen. Marion Helche war gespannt, was er als nächstes tun würde.
Er reichte ihr den Apparat.
„Da!"

Einiges lag ihr auf der Zunge, sie musste an sich halten. Später würde er seine Lektion zu hören bekommen. Wer weiß, wen er dort am Apparat hatte, womöglich jemanden vom Wirtschaftskontrolldienst, vom Finanzamt, die Bundeskanzlerin oder den Kaiser von China. Marion Helche war auf alles gefasst und rang um eine Entschuldigung: „Helsche im Roode Ochse, des waa grad moin Bragdikant, dud ma leid, dass…"
„Dream-Wedding, Schinkel! Hallöchen! Hier spricht Ihr Traumhochzeitsplaner."

Einen Moment brauchte sie, um zu schalten. Das passte ihr nun überhaupt nicht. Diesen Anruf hätte ihr Fränkie wirklich abnehmen können. Aber wahrscheinlich war er immer noch beleidigt, dass sie darauf bestanden hatte, die Hochzeitsfeier nicht im

Roten Ochsen auszurichten. Sie wusste, was das bedeutet hätte. Alles wäre an ihr hängengeblieben, von der Vorbereitung über die Durchführung bis hin zum Aufräumen in den frühen Morgenstunden. Es war ihre erste Hochzeit, es sollte auch ihre letzte bleiben, und da wollte sie Braut sein und nicht Brauereigaul. Fränkie hatte überhaupt kein Verständnis, es sei doch ungeheuer praktisch, wenn man selbst so eine schöne Gastwirtschaft zur Verfügung habe. Mit *praktisch* meinte er preiswert.

Dibbelesschisser[58] hatte sie ihn genannt. Er hatte den Begriff nicht verstanden. War vielleicht besser so. Je näher sie Fränkie kennenlernte, desto mehr fiel ihr auf, welche Sparbrötchenmentalität er an den Tag legte. Jedenfalls, wenn es um *sein* Geld ging. Und nun, wie um ihr das Gegenteil zu beweisen, hetzte er ihr diesen Hochzeitsplaner auf den Hals.
„Ich wollte mich nun wie verabredet – *Hä? Des wüssdisch awwa!* – bei Ihnen telefonisch melden, Frau Lerche. Wegen der Location, Ihr zukünftiger Mann meinte, Sie mögen es gerne rustikal…“
Freschheit, bloß weilisch aa mol än Worschsalat ess.
„Heare Sie, Härr…“
„Schinkel. Benjamin Schinkel. Ich habe eine tolle Nachricht für Sie: Es hat geklappt!“
„Was? Was hot geglabbt?“
„Wir haben für Sie unser traumhaftes kleines Schloss reservieren können. Alles also wie von Ihnen gewünscht: Champagnerempfang im Schlosshof mit Fingerfood, chinesischen Akrobaten und Guggemusik. Anschließend im Spiegelsaal Büffet. Fleisch, Fisch, Vegan, Lactosefrei, you name it. Tischzauberer und im Hintergrund flippiger Barjazz am Piano, Flügel optional. Vor dem Dessert im Hof Showprogramm Best of Musical *König der Löwen*, *Tarzan*, *Luther* – up to you. Und nach dem Dessert

---

[58] kleinlicher Mensch

Dancing im ehemaligen Folterkeller mit DJ Kai."
„Kai?"
„Der aus dem Dorian Gray."
„Ah! Dea!"
„Zum Abschluss Feuerwerk und Schloss in Flammen."
„Wie viel?"
„Nun, das kommt auf die Details an. Ob sie unseren Shuttleservice in Anspruch nehmen, dann natürlich die Anzahl der Hostessen…"
„Host was?"
„Hostessen. Wir arbeiten mit einer Modelagentur zusammen. Gegen einen geringen Aufpreis erscheint auch unsere Yvonne, die den achten Platz bei Heidi Klum gemacht hat."
„Klum?"
„Oh, das wird schwierig, da geraten selbst wir an unsere Grenzen. Worüber wir auch noch reden müssen, die Anzahl der Stretchlimousinen…"
„Schtretsch?"
„Limousinen. Ganz recht. Ein Must-have bei jeder festlichen Angelegenheit. Sie kennen ja unser Motto *Wir machen Ihre Hochzeit zum Ereignis.*"
„Wie viel?"
„Das kommt darauf an…"
„Wie viel???"
„Roundabout 50000."

Marion Helche winkte ihren Praktikanten heran. Der stand immer noch ungerührt neben der Theke. Es hatte ihm ja auch keiner verraten, wo er hingehen, was er anderes tun sollte.
„Hallo? Sind Sie noch dran?"
Sie drückte ihrem Praktikanten den Hörer in die Hand und der spielte noch einmal seine ganze Souveränität aus: „Keine Ahnung."

„Was hawwisch? Hä?“
„Ich sage nicht, dass Sie etwas damit zu tun haben. Ich wollte mich nur erkundigen, ob Sie etwas über den Verbleib dieses Fahrrades wissen.“

Fritjof Freese bedauerte längst, dass er dem Drängen von Altstadtrat Schmidtke nachgegeben hatte. Normalerweise würde er ein Protokoll aufsetzen, und dann ginge die Angelegenheit ihren üblichen Gang, die Aufklärung solcher Fälle war erfahrungsgemäß schwierig. Schmidtke jedoch war felsenfest überzeugt von Bernd Lipskys Täterschaft und hatte mit allem Nachdruck darauf bestanden, dass Freese den Verdächtigen umgehend aufsuchen, in flagranti mit dem fraglichen Objekt ertappen und am besten gleich verhaften sollte. Er konnte ihn gerade noch davon abhalten mitzukommen. Nicht auszudenken, wenn sich die beiden jetzt gegenüberstünden.
„Was hawwisch mit demm Glumb vun demm zum du, hä? Solla bessa uffbasse uff sei Sach. Isch hab mei eigenes Zeigs, isch brauch demm seins net. Odda? Isch brauch kähn Moddoa[59]. Isch kann noch selwa trepple. Odda, odda? Hä?“
„Nein. Also vielleicht.“ Freese fand es immer noch schwierig zu entscheiden, ob es sich bei Lipskys Formulierungen um bloße Füllwörter oder doch um echte Fragen handelte.
„Mit anderen Worten, Sie wissen nichts über Herrn Schmidtkes Fahrrad.“
„Isch? Wisso grad isch? Odda? Hä? Iwwahaupt, wea hot des uffgebrocht, dass isch dodemit was zum du hab, hä? De Ube! Odda? Odda? Hä?“
Freese vermutete durch die Namensnennung, die Frage zielte darauf ab, ob Schmidtke ihn angezeigt habe.
„Es handelt sich hier um eine reine Routinebefragung.“
„Ähä. Indressant.“ Lipsky legte den Kopf schief. „Ware Sie aa

[59] Motor

schun bei moim Nochbaa mit de Rudiine? Hä? Odda bei demm do vornne, hä? Bei demm do hinne? Hä?"

Freese bemerkte mit Erstaunen, dass Lipsky auf jedes *oder* verzichtete und so geradezu sinnvolle Nachfragen stellte. Das ließ ihn für einen Moment die gebotene Aufmerksamkeit vermissen. Anstatt die Frage abzuwehren, bekannte er freimütig: „Nein."
„Aha! Isch habs gewisst. Sie ware noch bei kähm. Bloß bei mia?"
Vergebens wartete Freese an dieser Stelle auf ein *oder*. Was Lipsky als Eingeständnis wertete.
„Un wisse Sie, hä, warum dass dea des mescht, misch zum denunziere?"
„Nein."
„Hä?"
„Nein, das weiß ich nicht."
Jetzt war auch schon alles egal. Vielleicht ergab sich im Gespräch ja doch noch ein wichtiges Detail.
„Weila misch ausm Weg hawwe will. Odda? Hä?"
„Wieso sollte er das?"
„A, weila Ängscht hot. Odda?"
„Angst?", wiederholte Freese nicht ohne Stolz, dieses Wort auf Anhieb verstanden zu haben.
„Gönau. Awwa voll. Hä?"
„Angst? Wovor?"
„Voa mia! Odda?"
„Warum?"
„Weil isch denn duaschschaut hab, denn Sseggl. Dea hot doch noch nie was druff ghabt. Un jetz willa sisch profiliere mit soim bleede Radweg. Awwa net mit mia. Do hodda sisch mim Falsche ooglegt. Odda, odda, hä? Doo!"
Er deutete auf die Straße vor seinem Grundstück.
„Doo paaik isch mei Audole! Hä?"
Lipsky holte Luft und Freese nutzte die Chance einzuhaken:

„Da parken Sie schon immer. Oder?“
Lipsky irritierte offenbar das *Oder* des anderen, er fing sich aber sogleich wieder: „Nää. Seit neuschdem. Des is mei Bedüafnis. Odda? Un des is mei guudes Rescht. Odda?“
„Gewiss“, meinte Freese, „es sei denn…“
„Kumme die vun de Stadt, die Hannebambl, stelle so Schildlin uff, isch derf do nimmie paiike. Voa meim Haisl. Derf isch äfach nimmie paiike, hä? Babbe die mia soän Babbedeggl[60] unna die Scheib, isch misst mei Audole wegfahre, wejem Radweg. Isch glaab als sgeht los. Odda? Hä? Simmia do in Schiina? In de Digdadua[61]? Hä? Hä? Mei Strooß is mei Strooß. Odda?“

Freese wollte vorsichtig darauf hinweisen, dass die Gemeinde durchaus das Recht habe, über die Nutzung ihrer Straßen zu entscheiden, doch Lipsky ließ ihn nicht zu Wort kommen.
„Awwa des wolle ma mol sehe. Odda? Hä?“
„Manche finden die Idee mit den Radwegen eben gut“, gab Freese zu bedenken.
„Mansche, mansche, hä? Mansche flansche, mansche pansche. Odda? Awwa Sie jo aa net.“
„Bitte?“
„Sie finne des jo aa net guud, mit denne Radweg bei mia, odda?“
„Ich…“
„Des hawwe Sie mia gsacht, wie isch bei Ihne gewest bin. Des hawwisch mia gemeiikt. Des gfällt mia. Sie sin gaa net so dabbisch, wie alle saache. Odda? Hä?“
„Nnnein.“
„Eewe. Awwa isch weeß schun, wemm des gfällt mim Radweg. Hä? Denne draus vum Neibaugebiet. Do muss jo jedi Strooß Spielstrooß werre. Odda? Wejem Läam. Odda? Do sin sie gonz empfindlisch. Odda? Außa, wenn sie selwa duasch die Gegend

[60] hier: Strafzettel
[61] Diktatur

breddare mit denne ihre Suffs[62]. Un nadierlisch weje denne ihre Krutze. Des simma die rischdische, fresse bio, fahre Tschiep. Odda, Odda?“

„Nun…“

„Apropoo, wisse Sie, wassisch gemacht hab? Mit denne iam Babbedeggl?“

„Nein.“

„Entsoiigt hawwisch denn, un zwaa endgüldisch.“

Er bewegte seinen linken Zeigefinger in Richtung seines Mundes, der sich zu einem Schlund öffnete.

„Des kenne Sie denne ruisch saache. Isch loss mia nix gfalle, net vun denne Hannebambl. Odda? Un schun gaa net vun demm Owwahannebambl Ube. Odda? Wenn isch denn vawisch, demm machisch die Krutz nunna! Hä?“

---

62 SUV

Sein erster Weg führte ihn auf die Seebrücke, von der aus man einen guten Überblick über den Strand von Papenwerder hatte. Schier endlos erstreckte der sich zu beiden Seiten. Schon der Weg an den Strand hatte Kommissar Günda ausnehmend gut gefallen. Michaela Helche hatte untertrieben, kein Wäldchen, nein, einen richtigen Wald hatte man zu durchqueren, ehe man ans Meer gelangte. Zuvor stieß man noch auf eine Promenade, die sich an den Dünen entlangschlängelte. An den wenigen Strandübergängen, die den Blick aufs Meer freigaben, fanden sich Fischbuden und Bratwurststände. Überall Bier, nirgends Prosecco. Ganz nach Kommissar Gündas Geschmack.

Er genoss den Ausblick auf Strand und Meer, folgte den sanften Wellen und Gischtkronen, die zu seinen Füßen unter den Planken der Seebrücke gemächlich Richtung Ufer rollten. Wie ein Auswanderer kam er sich vor, der sein gesamtes Hab und Gut auf dem Leib trug und auf das Schiff wartete, das ihn in die neue Heimat bringen sollte. Die stünde in keinem Reiseführer. Er sog die würzige Seeluft inbrünstig ein. Und musste husten. *Wahrscheinz fas ärschde zviel Sauastoff*, dachte er.

Neben ihm tauchte ein schwarz-zotteliger Hund auf, an seiner Leine ein kräftiger Mann in kurzen Hosen. Der Tierhalter lehnte sich an die Brückenreling und steckte sich eine Zigarette an. Kommissar Günda, nie Raucher gewesen, beneidete ihn in diesem Moment. Der Wind frischte unvermittelt auf und trieb den Zigarettendampf Richtung Meer, als wollte er die Umstehenden vor ihm bewahren. Zugleich verpasste er dem Hund mit jeder Bö eine andere Kontur.

Kommissar Günda machte sich auf den Rückweg zum Strand. Dichte Wolken zogen rasch heran und schoben sich vor die Sonne, es könnte bald regnen. *Unne?* Selbst wenn es gleich schneite, er würde sich jetzt einen Strandkorb mieten.

Er hatte schon einen leerstehenden im Auge, direkt am Wasser, musste jedoch zu seinem Leidwesen erfahren, dass fast alle Körbe bereits vermietet waren. So hatte er sich mit einem Exemplar weiter oben an den Dünen zu begnügen. Der Strandkorbwärter empfahl, sich den gleich für die gesamte Urlaubszeit zu sichern, denn das Wetter würde am nächsten Tag deutlich besser und lockte gewiss jede Menge Tagesgäste an. Man sei bereits jetzt am Ende der Kapazität angelangt.

Mit einiger Mühe stapfte Kommissar Günda durch den feinen Sand zu seinem neuen Domizil. In drei Reihen standen die Körbe, akkurat, mit dem gleichen, sorgsam eingehaltenen Abstand zueinander. Kaum einer der Körbe war besetzt, offenbar war es den meisten Touristen zu kühl. Manch einer hatte eine Decke mitgebracht, einigen entstieg der Dampf heißer Getränke aus mitgebrachten Thermoskannen. Auch Kommissar Günda fröstelte leicht, wollte dem aber nicht nachgeben. Er öffnete das Vorhängeschloss und stellte das Holzgitter beiseite, das den Korb vor unbefugter Benutzung schützte. Geräuschvoll ließ er sich in Nummer 48 fallen. Keine fünf Minuten später war er eingeschlafen.

Das Telefon läutete. Eine wohlbekannte Nummer. Fritjof Freese stöhnte leise.
„Sokodo, was kann ich für Sie tun?"
„Folgendes: Wejem Tschief..."
„Herr Weizen, sind Sie das?"
Eine Unsitte, sich nicht mit dem Namen zu melden, von einer angemessenen Begrüßung ganz zu schweigen. Freese hasste das.
„Nää, isch bins, de Peiikeeoo[63]."
„Pej-wer?"
„Dea vum Fass, vum grouße. Kenne Sie denn net? Wie lang sin Sie schun doo?"
„Schon viel zu lange", murmelte Freese.
„Folgendes: Isch hab mia was iwwalegt."
„Herr Weizen, warten Sie! Haben Sie sich schon um die Angelegenheit gekümmert, um die ich Sie gebeten hatte?"
„Hä?"
„Wovon wir es bei unserem letzten Gespräch hatten."
„Gönau. Desdaweje ruf isch jo oo."
„Ach so, das ist etwas anderes. Was hat sich denn ergeben?"
„Noch nix konkräät. Isch muss des äschda voabereide. Narre net huddle. Awwa isch hab mia was iwwalegt."
„Nun, das sagten Sie bereits."
„Mooment, net imma unnabreschle."
„Also? Kümmern Sie sich darum?"
„Sebvaständlisch. Isch wollt jetz bloß wisse, ob isch die Sach iwwanämme kann. Gonz. Offiziell."
„Wieso fragen Sie?"
„Net, dasses heeßt, isch deed des äfach so iwwanämme, isch deed Ihne was wegnämme."
„Mir?"
„Un demm Tschief."
„Sie nehmen uns überhaupt nichts weg, im Gegenteil, ich bin

---

[63] Perkeo, trinkfester Hofzwerg des Kurfürsten in Heidelberg

froh, wenn Sie mich entlasten."
„Kannisch des so weidagewwe? Sie wisse, wies is, isch bin imma korräckt. Subba korräckt. So bin isch. Aus Prinzip."
„Ja…"
„Donn kann isch des so weidagewwe. Bloß um misch fa zum abzusischare."
„Wenn Sie das für nötig halten, bitte."
„Un was sollisch saache, wisso?"
„Wie?"
„Kannisch des saache, wie mia des besproche hawwe?"
„Herr Weizen, wir sind eine amtliche Stelle, wir haben keine Geheimnisse. Das ist ein völlig normaler Vorgang. Da gibt es nichts, was wir unter Verschluss halten müssten. Das würde der Bürger übel nehmen. Zu Recht."
„Alla guud, des wolldisch bloß wisse."
„Sie können mich natürlich gerne auf dem Laufenden halten."
„Machisch."
„Dann höre ich von Ihnen."
„Ubedingt."
„Aber lassen Sie sich Zeit."
„Nänää, wennisch annare Sach droo bin, bin isch droo."
„Umso besser. Zervelat."
„Oh liewi Zeit."
„Bitte?"
„Nix, nix."

Na also, ging doch. Manchmal musste man eben einfach nur mit Bestimmtheit auftreten. Freese hatte wahrlich anderes zu tun, als sich ständig mit diesem nervtötenden Weizen auseinanderzusetzen. Ihn beunruhigten die Vorkommnisse des Tages ein wenig. Nicht der Fahrraddiebstahl, das kam viel zu oft vor, nein, ihm gefiel nicht die Art und Weise, wie sich die maßgebenden Figuren verhielten. Diese Feindseligkeit, diese Aggressivität und

nicht zuletzt die unverhohlene Drohung, die dieser Oder in Richtung seines Kontrahenten ausgesprochen hatte. Irgendetwas wollte der bei diesem heruntermachen. Freese hatte leider nicht verstanden, was. Aber es klang nicht gerade freundlich.
„Frau Helche?“
Er schob seinen Kopf in die Durchreiche, spähte in der Küche nach ihr und hatte Glück.
„Bei de Äawett.“
„Hätten Sie einen Moment für mich?“
„Awwa bidde korzz. Gonz korzz.“
„Ich bräuchte eine Auskunft.“
„Ähä. Widda was net vastanne?“
„Ja, sieht so aus. Ich habe den genauen Ausdruck vergessen, irgendwas heruntermachen. In der Art jedenfalls.“
„Datsche[64].“
„Nein, das war es nicht.“
„Dunge[65]?“
„Auch nicht. Es handelt sich um eine fast lautmalerische Formulierung. Etwas heruntermachen.“
„Nunnamache.“
„Ja, das kam drin vor, glaube ich.“
„Odda nausmache?“
„Das gibt es auch?“
„A sebvaständlisch. Erdbeere zum Beispiel.“
„Die kann man nausmachen? Sie meinen auspressen.“
„Nää. Nausmache. Mansche saache aa *zopfe*[66] dodezu.“
„Zupfen? Erdbeeren zupfen, das klingt ja putzig.“
„Net zupfe. Des macht ma mit de Giddaa[67].“
„Gitter?“

[64] drücken
[65] tunken
[66] pflücken
[67] Gitarre

„Mussisch."
„Wie? Was müssen Sie?"
„Hä? Isch muss mol glei gaa nix."
„Gewiss. Sie sagten aber eben *muss ich*. Beziehungsweise muss isch, um im Dialekt zu bleiben."
„Nää, net muss isch. Mussisch! Täterätätä. Räpp. Ellegdro. Haus[68]."
„Ich glaube, jetzt vergaloppieren wir uns doch ein bisschen. Kehren wir zurück zu den Erdbeeren. Die werden bei Ihnen also gezopft."
„Nää. Die mache mia naus. Zopfe duä die annare."
„Aus Polen."
„Hä?"
„Sieht man doch immer auf den Feldern, ganze Busse kommen aus Polen. Wie beim Spargel auch."
„Spaiigl? Nää, jetz bleiwe ma mol schää bei de Erdbeere. Allo, mia mache die naus, awwa annare, zum Beispiel die in Fußheim, die saache, sie zopfe die Erdbeere."
„Ah, da haben wirs, so sind wir drauf gekommen. Sie meinten, man könnte runtermachen, aber auch naus."
„Allo, des isses. Des wolle Sie wisse scheinz. Nunnamache. Gonz äfach."
„Moment, aber dann kam noch ein Wort dazu, so ein eher krächzendes. Irgendwas mit *Kr* runtermachen, wenn ich mich recht erinnere. Schon ein bisschen furchteinflößend."
„Ah, die Krutz, des mähne Sie. Die Krutz nunnamache!"
„Genau! Das wars, was ich gesucht habe. Danke!"
„Härrliisch, odda? Wie des klingt. Die Krutz nunnamache."
„Krutze, das kenne ich ja. Das sagt Kommissar Günda manchmal zu kleinen Jungs."
„Stimmt. Do hawwe Sie mol guud uffgebasst. Awwa jetz kummts. Des is *de* Krutze. De Klähne, manschmol aa de

---

[68] House

Uffgstumbde[69]. Was Sie mähne, des is *die* Krutz. Imma schää uffbasse mit denne Adiggl[70]."
„Das habe ich schon mal gehört. Aha. Und was bedeutet das jetzt: die Krutze?"
„Die Goaigl[71]."
„Hm?"
„Moment, isch zeigs Ihne. Net vaschrecke!"
Marion Helche, die bislang nebenbei mit Lappen und Spültuch hantiert hatte, wischte sich ihre Hände an der Schürze ab und beugte sich zu Fritjof Freese, dessen Kopf weiterhin in der Durchreiche steckte. Sie streckte die Arme vor, Freese zuckte instinktiv zurück und stieß leicht gegen das Holz über ihm.
„Gonz ruisch! Isch mach Ihne nix."
„Des", sie legte ihre Hände vorsichtig um seinen Hals, „des is die Goaigl."
„Die Gurgel."
„Die Schorle beispielsweis, die leeft die Goaigl nunna. Die Krutz, des is äfach de gonze Bereisch."
„Dann bedeutet *die Krutz heruntermachen* also nichts Gutes."
„A, des kummt druff oo."
„Worauf kommt es an?"
„Wie ma des sacht."
„Aha."
„Un nadierlisch zum wemm dass ma des sacht."
Auch das hatte Freese schon einmal gehört.
„Danke, Marijonne."
„Unn donn is nadierlisch ähns noch gonz wischdisch."
„Nämlich?"
„Wea des gsacht hot."
„Klar. Das leuchtet mir ein."

---

[69] zu kurz Geratener
[70] Artikel
[71] Gurgel

„Unn?“
Marion Helche griff wieder in Richtung Durchreiche.
„Wea waasn?“
„Darüber möchte ich im gegenwärtigen Stand nichts sagen.“
„O! Isch kann mas schun denge.“

„Günda!"
Kommissar Günda vernahm die Stimme aus der Ferne. Ganz unbekannt kam sie ihm nicht vor.
„Schläfst du?"
Er beschloss, die persönliche Ansprache einem Traum zuzuordnen, wer konnte ihn hier schon kennen?
„Hallo! Ich bins."
Das zweite Hallo ging mit einem Pieks einher, den Kommissar Günda irgendwo in der Ellenbogengegend spürte. Vorsichtig öffnete er die Augen. Die Wolken hatten sich verzogen, er musste blinzeln infolge der Helligkeit.
„Endlich. Es ist doch noch Tag, da kann man doch nicht die ganze Zeit schlafen."
Was meschen du doo?, wollte er fragen, aber Agnetha kam ihm zuvor: „Machst du auch hier Urlaub?"
„Scheinz", antwortete Kommissar Günda und fragte sich, womit er das verdient hatte.
„Wir haben keinen Strandkorb. Mein Papa sagt, Strandkorb ist was für Opas. Bist du ein Opa?"
„Ou. Ach Gott, wie willischn saache…"
Die Frage überforderte ihn in vielerlei Hinsicht. Vor allem musste er erst einmal zu sich kommen, sich orientieren. Seine Extremitäten hatten in der Enge des Korbes ziemlich gelitten, er streckte sich, begleitet von einem herzhaften Gähnen. Was Agnetha zur nächsten Frage veranlasste.
„Gehst du jetzt baden?"
„Nää, binnisch dabbisch?"
„Warst du noch gar nicht baden?"
Der Klang der Frage hatte etwas Vorwurfsvolles.
„Äh… nää… nein."
Er schüttelte den Kopf. Seit wann war er einem fremden, neunjährigen Mädchen Rechenschaft schuldig?
„Wisso?", fragte er trotzig und blickte auf die See. Ein einsamer Windsurfer glitt in einiger Entfernung über die Wellen.

„Isch seh grad kähna schwimme.“ *Und das wird auch seinen Grund haben*, dachte er. „Zu kalt.“
„Aber du bist doch Bademeister. Oder kannst du gar nicht schwimmen, wenn es kalt ist?“
„Doch, doch! Sebvaständlisch kannisch des. Awwa… Un du?“
„Mein Papa sagt, es ist heute zu kalt.“
„Sicksch. Schlau, doin Papa. Äh, wu issan eigendlisch, doin Papa? Wo?“
Kommissar Günda schwante nichts Gutes. Er sah sich bereits über den gesamten Strand irren auf der Suche nach dem Erziehungsberechtigten.
„Da vorne steht er doch. Siehst du ihn nicht?“
Kommissar Günda hielt vergebens Ausschau.
„Der da winkt!“
„Ou. Donn nix wie hie, äh, hin.“
„Okay.“

Überraschend drehte sich Agnetha tatsächlich sogleich um und rannte los.
„Bis morgen!“, rief sie noch von Ferne. „Bis morgen!“
„Bis…“, erwiderte Kommissar Günda.

Wiebke Freese war hin- und hergerissen. Natürlich war es eine feine Idee von ihrem Fritti gewesen, sie auf eine Reise zu schicken. Auf eine Traumreise, wie er nicht müde wurde, ihr zu versichern.

Sie wusste, sie hatte ihm in letzter Zeit gehörig zugesetzt, was seinen Lebenswandel anbelangte. Und es war ihr klar, dass sie einen nicht unerheblichen Anteil daran hatte. Für sie war ja auch alles in bester Ordnung, sie brauchte keine feste Beziehung. Sie hatte das erlebt, und es war keine besonders gute Erfahrung gewesen. Aber sie war sich nicht sicher, ob dieses Unstete, dieses Flatterhafte wirklich auf Dauer für ihren Fritti das Richtige war. Er behauptete ja, dem sei so. Aber konnte er das überhaupt beurteilen? Solange er bei ihr lebte, konnte er sich da auf eine Frau angemessen einlassen? Er musste es ja auch gar nicht, er hatte ja sie in der Hinterhand, konnte sich jederzeit zu ihr zurückziehen. Sicher, auch sie freute sich über ihre ganz besondere Wohngemeinschaft, aber sie fühlte sich doch ebenso für seine Zukunft verantwortlich. Und so hatte sie zu sticheln begonnen, durchaus mit der Absicht, ihn so lange zu piesacken, bis er beschließen würde, alleine zu leben. Beziehungsweise mit einer anderen Frau. Zurückkommen könnte er gerne, keine Frage. Aber erst einmal sollte ein Mann ohne seine Mutter klarkommen, so freundschaftlich und entspannt ihr Verhältnis auch war.

Wie um ihr das zu beweisen, hatte er ihr nun diese Reise geschenkt. Sie musste schmunzeln. Das hätte sie ihm nicht zugetraut. Fast zwei Wochen fern von daheim. Und er hatte sie nicht einfach irgendwohin geschickt, er hatte sich richtiggehend Gedanken gemacht, womit er ihr eine Freude machen könnte.

Es würde sie eine Riesenüberraschung erwarten, hatte er in geradezu kindlicher Begeisterung trompetet. Eine? Ach was, bald ein Dutzend solcher *Freuerle* – hatte er den Ausdruck tatsächlich benutzt? – würde sie genießen können. Und sie würde nie erraten, was auf sie zukomme. Nur eines stehe fest: Es könne nicht weniger als die Reise ihres Lebens werden.

Er hatte alles akribisch vorbereitet, hatte sie zum Flughafen Frankfurt gebracht. Da hatte sich das erste Ziel nicht mehr verheimlichen lassen: Hamburg. Dort hatte sie weisungsgemäß einen Umschlag zu öffnen: Ab zum Bahnhof, Zug nach Travemünde, dann Taxi zum Hafen. Ein Schiff läge vor Anker, das ihr nicht nur eine malerische Ostseereise bescheren würde, sondern einen ausgiebigen Musikgenuss, ganz nach ihrem Geschmack.

Und nun stand ihr also der Eröffnungsabend bevor. Mit Musik einer ihrer Lieblingsbands.
Das musste man Fritti lassen. Er, der von Rockmusik herzlich wenig Ahnung hatte – im Unterschied zu ihr – und der keinen Hehl daraus machte, dass die Musik, die sie hörte, so gar nicht seinem Geschmack entsprach – aus ihrer Sicht hatte er keinen –, hatte sich hingesetzt und ihre umfangreiche Plattensammlung analysiert. Tatsächlich gab es jede Menge Übereinstimmungen mit dem sie erwartenden musikalischen Angebot auf See. Lediglich zwei Ausreißer hatte sie hinzunehmen, weder Smokie noch die Bee Gees fanden sich im Hause Freese.

So rührend seine Idee, so anerkennenswert seine Umsicht, eines hatte ihr Fritti übersehen. Es handelte sich nicht etwa um die Originale, die an Bord zu bestaunen waren. Hautnah erleben, wie es auf den Plakaten vollmundig hieß, konnte man Bands, die die Musik der Großen lediglich nachspielten. Und das durchaus perfekt, wie sie schon nach den ersten Songs einräumen musste. Oder wie es der Mann zu ihrer Rechten überschwänglich formulierte: „Wenn man die Augen zumacht, meint man, dort oben steht Robert Plant!“

Das Problem bestand für Wiebke Freese darin, sie wollte nicht die Augen schließen. Sie wollte nicht jemanden hören, der wie Robert Plant klang. Sie wollte das Original erleben, nicht die Kopie, und sei die noch so gut.
„Gut? Die sind sogar noch besser als die echten Led Zeppelin!"
Alle Umstehenden schienen sich einig zu sein.

Schön, ihr Wunsch ließ sich in aller Regel nicht mehr erfüllen. Die Bands von damals hatten sich längst aufgelöst, die Mitglieder waren zum Großteil nicht mehr am Leben. Und wenn, dann waren sie kaum mehr in der Lage, ihre Instrumente so virtuos wie einst zu spielen, geschweige denn, die zumeist hohen Töne der Rockklassiker zu treffen.

Gleichwohl tourten immer wieder große Namen durch die Lande. Wiebke Freese hatte auch das eine oder andere Konzert besucht und war bitter enttäuscht worden. Meist gab es gerade noch ein letztes Bandmitglied aus der Originalbesetzung, selten noch ein zweites. Der Rest bestand aus namenlosen Mietmusikern oder – wenn man Glück hatte –, aus Nachfahren der berühmten Väter. Dem Papa mal mehr, mal weniger ähnelnd. Die zumeist wesentlich jüngeren Neumitglieder der Band ließen die alten Haudegen neben ihnen noch älter aussehen. So gesellte sich zur Enttäuschung bei Wiebke Freese häufig noch eine leise Traurigkeit. Gestern war eben vorbei.
It's been a long time since I rock 'n' rolled[72].

Sie sah sich um. Bis auf sie schien das niemanden zu stören. Fröhliche Gesichter, die Menschen tanzten, kannten alle Songs, klatschten, sangen mit, spielten Luftgitarre. *Was solls*, dachte sie. Es gab Schlimmeres als diesen *Stairway to heaven*.

---

[72] Zitat aus dem Led Zeppelin Song *Rock 'n' Roll*

Derweil beschloss Freese junior, seinen Chef anzurufen. Der schwelende Konflikt in Glickerbach ließ ihm keine Ruhe. Zu seiner Überraschung meldete sich Kommissar Günda sofort.
„Was gibts, Freese? Is was bassiat?“
„Hallo, Tschief! Ich freue mich auch, Sie zu hören. Wie geht es Ihnen?“
„Hea mol, Freese, isch bin vleischt in Ualaub!“
„Ich weiß.“
„Hab grad frei.“
„Ich weiß.“
„Bin net im Dinscht.“
„Ja. Schon klar. Es tut mir auch leid, dass ich Sie störe.“
„Un was hammia gsacht?“
„Dass ich mich nur in dringenden Fällen melde.“
„Eewe. Allo! Was gibts?“
„Zwist.“
„Hahaha. Du bringsch misch imma widda zum Lache mit deine koomische Wördda. Saach des nochmol!“
„Zwist“, bekräftigte Freese. „Und ich finde das gar nicht komisch.“
„Oukey. Wue?“
„Bei uns.“
„Bei eisch? A so, isch hab gedenkt, du hosch denn Zwist im Raddio gheat. *Zwisting bei se Puhl*[73].“
„Tschief, bitte!“
„Tschuldischung. Awwa isch hogg grad inneme Strandkoab middeme Bierle. Härrlisch.“
„Das kann ich mir vorstellen.“
„Än Bismaiik hawwisch aa schun ghabt.“
„Was haben Sie gehabt?“
„Än Häring. Vum Bismaiik. Legga!“
„Freut mich.“

[73] *Twisting by the Pool*, Dire Straits

„Heasch eigendlisch des Wassa?“
„Ja.“
„Die Welle?“
„Auch.“
„De Wind?“
„Tschief, wir können das Gespräch auch abkürzen, ich will Sie ja gar nicht lange aufhalten. Ich brauche nur Ihre Einschätzung.“
„Alla guud. Vazehl!“
Freese schilderte seinem Chef die Ereignisse, die aufgeheizte, gereizte Stimmung, wegen der er sich Sorgen machte.
Kommissar Günda sah die Sache entspannter: „Unn? Zwee alde Sseggl, die sich bissl uffreje. Du wärsch sehe, des Fahrräddl wärdd widda gfunne, un die Sach hot sisch aleedischt.“
„Meinen Sie? Ich habe das ungute Gefühl, das könnte eskalieren.“
„Weje Radweg? Hea uff. Awa. Die reje sisch aa widda ab. Wemma älda wärdd, wärdd ma ruischa, isch sehs on mia.“
„Stimmt, Sie wirken sehr entspannt.“
„Sicksch.“
„Sie haben vermutlich recht. Ich kenne die Mentalität der Leute ja auch nicht so gut.“
„Isch schun.“
„Deshalb habe ich Sie ja auch angerufen.“
„Un wenn doch nochmol ähna kummt un mescht digge Bagge, donn sachsch demm än schääne Gruß vun mia. Isch heedn guude Tipp, wie ma sisch des Leewe leischda mescht: Mach doch de Babbe net struwwelisch!“
„Danke, Tschief, Sie haben mich wirklich beruhigt. Und Ihren Spruch werde ich mir merken. Wie war das? Mach doch…“
„De Babbe…“
„Dö Pappe…“
„Net struwwelisch.“
„Nöt struwelig.“
„Äh… gönau!“

Am nächsten Tag konnte es Kommissar Günda gar nicht erwarten, an den Strand zu kommen. Die Verheißung auf besseres Wetter hatte sich erfüllt, ebenso die Prognose hinsichtlich der Zahl der Touristen. Er war froh, dem Rat des Strandkorbvermieters gefolgt zu sein. Nahezu alle Körbe waren besetzt und zur Sonne gedreht. Auch seine unmittelbaren Nachbarn waren bereits eingetroffen: zwei Familien mit Bollerwagen und kleinen Kindern, vollauf mit sich beschäftigt, sowie ein alleinsitzender Mann etwa in seinem Alter. Man grüßte sich freundlich.

Kommissar Günda öffnete seinen Strandkorb und schob ihn nicht ohne Mühe ebenfalls zur Sonne. Die Griffe an den Seiten, die den Vorgang wesentlich erleichtert hätten, hatte er übersehen. Ächzend nahm er Platz.
Schää, dachte er und zog Schuhe und Strümpfe aus.

Allerdings stellte sich sogleich heraus, dass ihn die Sonne nur bis zur Brust bescheinen konnte, sein Kopf blieb im Schatten. Wenn es später vielleicht zu heiß würde, bestimmt ganz schön, aber jetzt war das nicht Sinn der Sache. Er stand wieder auf, schaute sich um und sah, wie die anderen ihren Korb weiter geöffnet hatten. Dafür waren wohl zunächst die seitlichen Verankerungen zu lösen, was ihm erst nach mehrmaligem *Ruggle* gelang. Er fühlte sich irgendwie beobachtet. Vielleicht bildete er sich das aber auch nur ein, weil er es hasste, *sisch öffentlisch dabbisch oozumstelle*.

Als er wieder Platz genommen hatte, entdeckte und installierte er einen weiteren Vorzug der Strandsitze: die Fußstütze. Nun, nachdem endlich alles präpariert war, lehnte er sich zurück und verschränkte die Hände zufrieden hinter dem Kopf.
„Ausm Westen, wa?“, erscholl es vom Strandkorb nebenan.
„Stimmt“, antwortete Kommissar Günda und drehte sich zum Fragesteller. „Heidlbäiig.“

Eigentlich lag ihm auf der Zunge: *Wubea wisse Sie des? Dassisch aussm Weschde bin?*

Die Situation erinnerte ihn an einen Berlinbesuch mit der Schulklasse in den Siebzigern. Es hatte auch einen Ausflug nach Ostberlin gegeben, bei dem Kommissar Günda eher zufällig in eine Buchhandlung geraten war und über die günstigen Preise gestaunt hatte. Noch genügend zwangsumgetauschtes DDR-Geld in der Tasche, war er froh gewesen, hier erschwingliche Mitbringsel zu finden. An der Kasse hatte ihn die Kassiererin verblüfft mit ihrer Frage: „West- oder Ostgeld?"

Wie konnte sie erkennen, dass er aus dem Westen stammte? Er sah für seine Begriffe aus wie alle anderen jungen Leute in jenen Zeiten: lange Haare, enge Jeans, Hemd, Jeansjacke.
Trug er ein Westmal auf der Stirn?

Und nun identifizierte ihn wieder jemand zielsicher als Westler. Allerdings ein Vierteljahrhundert nach der Wende. Ohne dass er auch nur ein Wort gesagt hätte. Er trug kein T-Shirt der Universität Heidelberg, keine Jute-Tasche *200 Jahre Fahrrad in Mannheim*, nicht einmal eine Plastiktüte *Aldi Süd* hatte er bei sich. Wie zum Teufel erkannte ihn der Mann als das, war er nun einmal war: Westler?
„Merkt man." Der Mann hatte offenbar zudem seine Gedanken gelesen. „Det erste Mal im Osten, wa?"
„Ja", bekannte Kommissar Günda freimütig und ärgerte sich. Vor allem über seine anschließende Rechtfertigung: „Awwa isch hab schun oft gewollt."
„Det sagen immer alle", gab der Mann zurück, und Kommissar Günda spürte, wie sich seine Laune merklich trübte. Er fühlte sich angegriffen.
In der Tat, er gehörte zu den vielen, die noch nie im Osten waren, sah man einmal von seinem Berlinaufenthalt ab. Ja und?

Es gab unzählige Orte in Deutschland, die er nicht kannte. Auch im Westen. Selbst seine nähere Umgebung hatte er noch nicht ausreichend erkundet. Weshalb gelang es seinem Strandkorbnachbarn, ihm mit wenigen Worten ein schlechtes Gewissen zu machen? War er nach der Wende etwa verpflichtet, Ostdeutschland zu erkunden? Zeugte sein Reiseverhalten von mangelndem Staatsbürgerbewusstsein? Von Geschichtsvergessenheit? Von Ignoranz? Von westlicher Arroganz?

Das alles schwang hier doch mit. Und es ärgerte ihn, je mehr er darüber nachdachte. Zumal er tatsächlich schon oft überlegt hatte, den Osten zu bereisen. Es gab viele Orte, die ihn gereizt hätten. Erfurt, Weimar, Dresden, Leipzig. Aber er reiste nun einmal nicht gerne. War er diesem Mann, den er überhaupt nicht kannte, eine Erklärung, Rechenschaft schuldig? Vermutlich war der ebenso wenig im Westen gewesen.
„Heidelberg. Jaja, kennich. Arbeitet mein Sohn in der Nähe. Hab ihn schon paar Mal besucht."
„Schöön", entgegnete Kommissar Günda ob seines Irrtums frostig.
„Schön?" Der Mann schüttelte den Kopf. „Ick weeß nich. Lieba wära hier jebliem. Aber jing nich. Keene Arbeit."
„Tja", meinte Kommissar Günda und hatte den Eindruck, er sollte sich auch dafür verantwortlich fühlen. Fatalerweise schien das auch noch zu gelingen.
Er beschloss, das Gespräch auf elegante Weise zu beenden: „Äh, was annares, isch müsst mol…"
„Oben anne Promenade, beim näichstn Durchjang jleich links."

Wenn er sich nicht täuschte, klang der Ton gerade versöhnlicher. Bestimmte Themen einten eben ältere Männer.

Kommissar Günda hatte wieder einmal recht gehabt. Die Nachfrage im Glickerbacher Rathaus war erfolgreich, das E-Bike hatte sich angefunden. Ein Spaziergänger hatte es herrenlos am Waldrand entdeckt. Nicht gerade ordnungsgemäß abgestellt, es lag in einem Brombeerstrauch, aber, soweit Freese das beurteilen konnte, es schien unbeschädigt.
Den Eigentümer hatte er umgehend informiert, und prompt fand der sich im Fahrradkeller der Gemeinde ein. Freese legte Wert darauf, dabei zu sein, um etwaige Probleme sogleich ausräumen zu können. Er wunderte sich. Unzählige Räder lagerten hier.
„Alle irgendwo gefunden?“
„Hm.“
„Und die will keiner mehr haben?“, fragte er den städtischen Bediensteten, der ihn begleitete.
„Nää. Koomisch, gell? Vleischt weje de Vasischarung.“
„Und was passiert mit den Rädern?“
„Die wärre halt irgendwonn vasteigat.“
„Meins awwa net!“, erklärte Uwe Schmidtke mit Bestimmtheit. „Schmuss glei mol gugge, ob alles in Orddnung is.“
Er inspizierte sein Bike.
„Und? Alles intakt?“
„Scheinz.“
Fast schien er enttäuscht, nichts bemängeln zu können.
„Bissl dräckisch halt. Oukey, net so schlimm. Awwa befoa dass isch des widda nämm, willisch nadierlisch äschda ä Probefahrt mache.“

Seufzend begab sich Freese mit seinen beiden Begleitern durch die Tiefgarage in den Hof des Rathauses. Dort drehte Schmidtke ein paar Runden und schien zufrieden.
„Dann kann ich davon ausgehen, dass die Angelegenheit damit erledigt ist.“
„Scheinz“, wiederholte der Radler.

Freese war beruhigt und nutzte die Gelegenheit zu einer unverfänglichen Frage. „Das ist also ein E-Bike?"
„Ähä."
„Sieht aus wie ein normales Fahrrad."
„Is jo aa ähns. Awwa Sie! Wie isch in Iam Alda waa, do bin isch drei Mol die Woch dräniere gfahre. Dossene, Schriese de Buggl nuff, Seggene, Rheinaua Wald. Oohne Moddoa. Bloß doo."
Er deutete auf seine Oberschenkel.
„Imma noch tiptop. Wolle Sie mol oolange?"
„Danke, ein andermal gerne. Dann können Sie sich ja auf den Heimweg machen. Den Zettel brauchen Sie nicht mehr, oder?"
„Hä?"
„Der Zettel. Unten am Rahmen. Bestimmt von der Gemeinde, Archivnummer vom Fundbüro."
„Mooment."
Schmidtke besah sich das Schriftstück.
„Des gibts jo net, dea Lumbe-Sseggl: Da, lese Sie des mol!"
Freese tat wie ihm geheißen: „*Fahrradstadt Glickerbach? Nein danke. Volksbefragung jetzt!* – Nun ja", versuchte er die Sache abzutun. „Das spielt ja keine Rolle, Hauptsache, Ihr Fahrrad hat sich wieder angefunden."

Kommissar Gündas eigentliches Ziel war der Kiosk. Er wollte sich eine Zeitung kaufen, um den Strandkorbnachbarn elegant auf Distanz zu halten.
Doch zuallererst würde er sich eine Thüringer Bratwurst gönnen.
„Senf oder Ketchup?"
„Sempf bidde!"
„Bitte?"
„Sennef."
„Gebongt."

Die Seeluft machte hungrig. Und durstig.
„Un än Radla."
„Hab ich schon mal gehört, aber helfen Sie mir auf die Sprünge. Schnaps?"
Seh isch vleischt so aus, wollte Kommissar Günda schon antworten.
„Bier. Radla."
„Die Marke kenn ich nicht. Ich hab nur Rostocker."
„Oukey. Awwa als Radla."
„Ah! Verstehe, alkoholfrei."
„Oh liewi Zeit, jo net! Nää. Mit Sprudel, mit siißm."
„Sieß?"
„Limo."
„Ah, Sie meinen Brause! Bier mit Brause, das heißt hier Alsterwasser. Moment."
Er drehte Kommissar Günda den Rücken zu und holte aus dem Kühlschrank eine Bügelflasche.
„Donge, äh dange."
„Wo kommen Sie her?"
„Heidlbäiig."
„Heidelberg? Kennich. Schloss. Sehr romantisch. Hamm wir unsere Hochzeitsreise hin gemacht, meine Frau und ich. Wie wir noch jung und knusprig waren."
Kommissar Günda war nicht überrascht.

Sein zweites Frühstück verzehrte er genussvoll an einem Stehtisch mit Sicht über die Dünen auf die See. Anschließend machte er sich an die Zeitungsauswahl. Doch dann fiel sein Blick auf das weitere Angebot des Strandkiosks. Und er hatte eine Idee. Etwas hatte ihn gleich zu Beginn seines Strandbesuches verwundert. Etwas war anders, als er es erwartet hatte. Er hatte nur nicht gewusst, was. Nun, da er die Schaufeln und Eimer sah, war es ihm klar: Hier gab es keine Strandburgen. Und die gehörten doch unbedingt an einen Ostseestrand.

Die Werkzeugauswahl war begrenzt, man war ja hier schließlich nicht im Baumarkt. Der Mann vom Kiosk bemerkte Kommissar Gündas Zögern und kam aus seinem Kabuff.
„Noch einen Wunsch?"
„Isch bräuschtn Spaade."
„Spaten? Haben wir nicht. Mit Schippen kann ich dienen. Hier!"
„Schaufel."
„Schippe. So sagen wir."
„Aha. Gut zum wisse."
Kommissar Günda suchte sich ein halbwegs stabiles Exemplar mit blauem Metallblatt.
„Damit die Enkel schön beschäftigt sind", zwinkerte ihm der Kioskmann zu.
„Gönau", antwortete Kommissar Günda und wunderte sich, dass er hier am Strand offenbar der einzige Erwachsene mit gestalterischem Ehrgeiz war.

An seinem Platz angekommen, machte er sich sogleich ans Werk. Zunächst zog er eine Linie genau zwischen seinem und dem Strandkorb seines Nachbarn. Der beobachtete ihn. Er wusste nicht recht, ob interessiert oder belustigt. Dann begann Kommissar Günda mit den Erdaushubarbeiten. Schon bald wurde ihm warm, er war die körperliche Arbeit nicht gewöhnt, die Sonne tat ein Übriges. Er entledigte sich seines Hemdes.

Nach einer knappen Stunde hatte er es geschafft, ein ansehnlicher Wall umgab sein neues Zuhause. Den etwa fünfzig Zentimeter breiten Zugang hatte er in Richtung Dünen angelegt. Das mochte man in seiner Nachbarschaft interpretieren, wie man wollte.

Erschöpft aber zufrieden ließ er sich in seinen Strandkorb fallen, nachdem er diesen dem Sonnenverlauf entsprechend gedreht hatte.
„Schön, schön“, tönte es aus dem Nachbarkorb.
„Hm“, gab Kommissar Günda bescheiden zurück.
„Nur schade…“
„Hm?“
„Ich sachte, schade isset…“
„Was?“
Sein Nachbar beugte sich nach vorn.
„Schade, det man hier keene Strandburjen bauen darf. Wejen dem Wind. Wejen dem Sand. Dass der nicht wegjepustet wird. Wa?“
„Hm.“
„Steht ja auch überall janz jroß anne Promenade.“
„Hm.“
Kommissar Günda spürte eine körperliche Veränderung. *Soän Hals hawwisch grad, soän Hals.*
„Wie heeßt det so schön: Die Maua muss weg! Wa? Haha.“

Auch Kommissar Günda erinnerte sich gerade an einen Slogan aus früheren Zeiten: *Feinde schaffen ohne Waffen.*

„Was machst du da?"
Agnetha hatte ein Händchen für gutes Timing, das musste man ihr lassen.
„Isch?", stöhnte Kommissar Günda. „Isch mach die Strandbuag weg."
„Hier darf mein keine Strandburg bauen. Sonst kommt der Wind und bläst den Sand weg. Steht da vorne auf dem Schild. Wer hat die Strandburg gebaut?"
„Isch."
„Hast du das nicht gewusst, dass man die nicht bauen darf?"
„Nää."
„Hast du das nicht gelesen, das Schild da oben?"
„Nää. Äh doch. Isch hab nur gugge wolle, wie schnell isch graawe kann. Graben. Jetzt mach ischs widda weg."
„Ich helf dir."
„Nänää, net needisch", wandt Kommissar Günda ein, aber er war dann doch ganz froh um die Unterstützung. Agnetha hatte zwar kein Werkzeug dabei, aber sie sprang auf der Burg so emsig herum, dass andere Kinder darauf aufmerksam wurden und näher kamen.
„Was machst du da?", riefen sie ihr zu.
„Ich mache die Burg kaputt."

Dieses Ansinnen – *äfach alles Gabuttmache* – fand sofort breiten Anklang. Er musste kaum etwas beitragen, nur ab und an ein paar Hinweise „Da!", „Do steht noch was!", im Nu war nichts mehr von Kommissar Gündas morgendlichem Werk zu sehen.

Wenn sein Nachbar, der nach seinem Hinweis auf den Schwarzbau am Strand fluchtartig seinen Korb verlassen hatte – möglicherweise hatten Kommissar Gündas Blicke Bände gesprochen, und er hatte die Befürchtung gehabt, von diesem zur Mitarbeit gezwungen zu werden –, wenn der zurückkäme, staunte er bestimmt nicht schlecht.

Gschiedem rescht, demm Sseggl, demm bleede!

Obwohl, er sollte sich nicht etwa einbilden, Kommissar Günda hätte seinem Hinweis augenblicklich Folge geleistet. Er konnte sich dessen selbstgefälliges Grinsen samt blöden Sprüchen gut vorstellen: *So ist es brav. Ja, wer lesen kann, ist eben doch im Vorteil.*

Womöglich müsste er sich bei der Gelegenheit gleich noch einen Vortrag über das überlegene Schulsystem der DDR anhören. Nein, diese Genugtuung würde er ihm nicht geben. Nichts wie weg. Ein Spaziergang täte ihm allemal gut. Noch hatte er viel zu wenig vom Strand gesehen.

„Agnetha? Isch muss“, setzte er an und hielt nach ihr Ausschau, denn er verspürte aus unerfindlichen Gründen wieder ein gewisses Verantwortungsgefühl, doch die war bereits mit der Horde Trampelwütiger weitergezogen, um der nächsten Unebenheit beizukommen.

In Glickerbach war wieder Ruhe eingekehrt. So stellte sich das jedenfalls für Fritjof Freese dar. Die Bürgersprechstunde der Sokodo wurde weiterhin gut besucht, die Besucher blieben ihm gegenüber freundlich und wurden wieder vertraut einsilbig. Er hatte den Eindruck, die Stimmung in der Stadt war so entspannt wie früher. Zum Glück. Ihn hatte schon die Sorge umgetrieben, er müsste alleine als Streitschlichter fungieren. Eine nicht unheikle Aufgabe. Zumal, wenn man nur ansatzweise verstand, was die Konfliktparteien von sich gaben.
„Hawwe Sie mol än Moment Zeit?"
Marion Helche lugte aus der Durchreiche. Ein Anblick, der Freese stets erfreute. Es drohte ohnehin gerade, ein bisschen langweilig zu werden in der Sokodo.
„Was gibts, Marijonne?"
„Gehe Sie mol hea, isch zeig Ihne mol was."

In der Gaststube lotste sie ihn ans offene Fenster.
„Hawwe Sie so was schun mol gsehe?"
Fahrradfahrer zogen hartnäckig klingelnd an ihnen vorbei.
„Oh, eine Radtour! Ausflug vom Seniorenclub! Toll!"

In der Tat, viele der Beteiligten waren erkennbar älter. Das Tempo war eher gemächlich, sodass etliche infolge der geringen Geschwindigkeit bedrohlich schwankten.
„Nää, kähn Ausflug. Ä Demmo. Die ärschd, die wu isch jemols do bei uns in Gliggabach gsehe hab."
„Respekt! Und so viele betagte Teilnehmer, die sich engagieren. Toll! Wofür demonstrieren denn die alten Herrschaften?"
„Nää, net füa was. Geje. Geje Radweg."
„Ach, du Schande! Geht das schon wieder los? Ich dachte, die Sache hätte sich erledigt. Wieso fangen die jetzt wieder damit an? Es war doch die letzten Tage so schön still um das Thema."
„Des glaawe Sie. Sie krieje jo nix mit. Isch hea so monsches bei mia in de Wärttschaft. Glaawe Sie des?"

„Gewiss, Marijonne. Und ich bin Ihnen auch sehr dankbar, dass Sie mich auf dem Laufenden halten."
„Dea heat äfach net uff, de Odda-Odda. Dea steigat sisch do so was vun nei. Un dea bringt noch die annare uff, dea hot des Talent mit soim Gebabbl. Ma keent mähne, sgeht um Leewe un Dood."
„Nun", gab Freese zu bedenken, „es ist ja das gute Recht in diesem Land zu demonstrieren."
„Hä? Sin Sie etwa uff demm seinare Seit?"
„Nein, ich meine nur, bei uns kann jeder seine Meinung sagen. Öffentlich. Und das ist doch auch gut so."
„Awwa doch net fa soän Kees. Jetz gugge Sie sich des mol oo. Fällt Ihne nix uff?"
„Was? Was soll mir auffallen? Da bekunden vorwiegend ältere Herrschaften ihren Unmut, weil sie sich an den geplanten Radwegen stören. Na und?"
„Un wie mache die des, die Sseftl? Mim Fahrräddl. Demonschtriere geje Radweg mim Fahrräddl. Wie bleed muss ma sei?"
„Nun, wenn man selber Fahrrad fährt, bedeutet das ja nicht automatisch, dass man für Radwege ist. Wer Auto fährt, muss ja auch nicht zwangsläufig für jeden Straßenausbau sein."
„Hea? Jetz langts awwa. Sie sin mia an sisch simbaddisch. Awwa jetz hawwisch langsom bissl Zweifel bei demm, was Sie do loslosse. Saache Sie bloß, Sie verstehe des. Des heedisch net vun Ihne gedenkt."
„Ich will damit nur sagen, alles hat eben zwei Seiten."
Freese versuchte zu beschwichtigen.
„Gönau. Ä rischdischi un ä falschi. Jetz kummts druff oo, uff wellari Sie stehe."
„Ich? Ich bin natürlich neutral."
„Des geht net bei demm Kees."
„Schauen Sie, ich bin ja gar kein Glickerbacher. Ah, sehen Sie, die Demonstration ist auch bereits zu Ende."

Freese war erleichtert, das Thema wechseln zu können.
„Prima! Was gibt es sonst Neues, Marijonne?"
„Vun weje. Im Gejeteil. Des fängt äschda rischdisch oo. Uffm Maiiktblatz dreffe die sisch jetzat, die Veggl[74]. Kundgebung. Des steht iwweraal uff so Zettl, die wu die vadeilt hawwe. Mia hawwe sie aa ähna gewwe wolle. Do sin sie jo an die rischdisch kumme. Wisse Sie, was isch denne gsacht hab?"
Freese ignorierte die Frage.
„Auf dem Marktplatz treffen die sich? Vielleicht sollte ich da auch hin. Nicht, dass da etwas aus dem Ruder läuft. Würden Sie mich denn begleiten? Wenn Sie so an dem Thema interessiert sind."
Marion Helche zögerte: „Kummt druff oo."
„Worauf?"
„Defoa odda degeje."
„Wie gesagt, ich bin neutral. Ganz klar. Das ist auch meine Aufgabe als Vertreter der Staatsmacht. Bitte, Frau Helche! Tun Sie mir den Gefallen. Kommissar Günda hat auch gesagt, wenn eine heikle Situation auftaucht, soll ich mich immer an Sie halten. Ich brauche Sie!"
Er sah sie mit treuherzigen Augen an. Das verfing.
„Oukey. Awwa isch saachs Ihne glei, isch kann fa nix garandiere. Wenn die do Kees babble, krieje die vun mia was zum heere."

Freese war überrascht. Eine stattliche Anzahl Menschen hatte sich auf dem Marktplatz eingefunden. Aus einem quäkenden Lautsprecher lief Musik, die Kommissar Günda sofort erkannt hätte: *Bicycle*, Queen. Freese dagegen wunderte sich, dass es bereits einen Song zum Thema gab. *Gut vorbereitet waren sie, die Demonstranten*, dachte er anerkennend. *Das musste man ihnen lassen.* Selbst wenn ihm der Titel zu diesem Anlass nicht gerade plausibel erschien. *Nun ja, künstlerische Freiheit eben.*

---

[74] Vögel

Den Redner auf der provisorischen Tribüne indessen erkannte er sofort.
„Leit, hä?!“, hob der gerade an. „Mia hawwe nix geje Fahrräddl. Odda? Awwa mia hawwe was geje die Radweg-Digdadua, odda? Hä? Isch fahr, wu isch fahre will. Uff de Strooß nämmlisch, net uffm Radweg, odda? Mia losse uns net zwinge. Zu nix. Odda? Odda? Odda?“
Eine neue Oder-Variante, die Anklang fand, wie der frenetische Beifall bestätigte. Die Stimmung auf dem Platz schien einhellig.
„Wenn die do drowwe Radweg wolle, dann solle sie sie doch baue. Awwa bei sisch. Net bei uns! Odda, hä?“
„Rischdisch!“
„Do sachsch du was.“
„Die Radweg misse weg! Die Radweg misse weg!“, forderte Bernd Lipsky lauthals, und alle um Freese herum stimmten ein. Bis auf Marion Helche.
„Die Radweg misse weg! Die Radweg misse weg!“

„Moment“, wandte sich Freese an seine Begleiterin. „Ich dachte, die Radwege sind erst in Planung und noch gar nicht eingerichtet. Gibt es doch schon welche?“
„Nää, die gibts noch net.“
„Aber dann macht das doch keinen Sinn. Dann müsste es höchstens heißen: Wir wollen keine Radwege!“
„Hea“, klopfte ihm sein Nachbar auf die Schulter, „des heedisch net vun Ihne gedenkt. Sie sin jo gaa net so dabbisch, wie des alle imma saache.“
Er drehte sich in Richtung des Redners und hob lautstark an: „Dea Monn do hot Rescht: Mia wolle kä Radweg! Mia wolle kä Radweg!“
Rasch bildete sich eine skandierende Traube um Freese, Marion Helche nahm Abstand.

Etwas lief gerade schief, das spürte er. Gleichzeitig konnte er

nicht verhehlen, dass ihn der unerwartete Zuspruch auch irgendwie freute.
„Die vun de Bollezei saache des aa!“, rief einer derjenigen, die ihn gerade anerkennend getätschelt hatten. „Ma derf nämmlisch gaa kä Radweg baue.“
„Derf ma net! Derf ma net! Derf ma net!“, schwappte es in Richtung Bühne.
Freese überlegte, wie er das von ihm Geäußerte geraderücken könnte, sah aber in diesem Lärm keine Chance. Er würde einen passenden Moment abwarten. Außerdem war ja gegen den aktuellen Slogan der Masse nichts zu sagen. *Das darf man nicht*, das war angenehm unbestimmt. Vieles durfte man nicht.

Vorne strahlte Bernd Lipsky. Er gebot der Menge nun staatsmännisch Einhalt und setzte erneut an: „Isch weeß, was ia wisse wollt. Odda? Wea steckt dehinna? Wea will uns des uffdrigge? Wea will uns kneschde? Wea hot des uffgebrocht? Hä?“
„Wea hot des uffgebrocht? Wea hot des uffgebrocht? Wea hot des uffgebrocht?“
„Isch kanns eisch saache. Wollt ias wisse? Hä?“
„Hajo.“
„Ubedingt!“
„Raus mit de Sprooch.“

Freese beschlich ein mulmiges Gefühl. Das könnte ungut enden. Er blickte zu Marion Helche, die gerade ihrem Nebenmann einen Vogel zeigte. Als sie sein Winken um Aufmerksamkeit sah, drehte sie sich demonstrativ ab.
„Alla guud! Leit, isch sachs, hä? Hinna derre Sach, do steckt kähn annare als wie de Ube. Odda?“
Das Plenum schien nicht überrascht.
„Tibbisch.“
„Pfui!“

„Buh!“
„Dea Sseggl!“, legte Lipsky nach.
„Sseggl! Sseggl! Sseggl!“

Freese schwankte, wie er dieses Wort einzuschätzen hatte. Zu gerne hätte er in diesem Moment Kommissar Günda an seiner Seite gehabt. Hilflos übersetzte er den über den Platz hallenden Ausdruck mit *Säcklein*. Was ja eigentlich ganz putzig klang. Die Art und Weise jedoch, wie dieses Säcklein gerufen wurde, machte die Verkleinerungsform wieder wett. Übrig blieb folglich der *Sack*. Freese kam zu dem Schluss, dass es sich wohl doch um eine Schmähung handeln musste.
„Isch foddare jetz un hier, odda?“
„Gönau!“
„Äschdens.“
„Rischdisch!“
„Ubedingt!“
„So seh isch des aa“, meinte sein Nachbar, heftig nickend.
„Zweddens, driddens un iwwahaupt!“
„Jawoll.“
„Mia losse uns doch net fa bleed vakaafe. Hä? Außadähm!“
Lipsky senkte nun die Stimme und hob beschwörend die Hände.
„Isch valange vun de Gemoinde: Fahrfaboot! Odda?“
„Rischdisch!“
„Gönau!“
„Nämmlisch Fahrfaboot fa alle Iibeik! Odda? Odda?“
„Gönau!“
„Rischdisch!“
„Im gesamde Stadtgebiet vun Gliggabach! Odda? Odda? Odda?“
„Guda Monn!“
Rhythmisches Klatschen allerorten. Sah man von Marion Helche und ihrer unmittelbaren Umgebung ab, sie hatte mehrere Umstehende ins Gespräch verwickelt und gestikulierte energisch.

„Soot, des waas vun mia."
Lipsky klang sehr zufrieden.
„Will noch ähna vun eisch was saache, hä?"
„Dea doo!" Sein Nebenmann deutete – auf ihn! Freese bekam einen gehörigen Schreck.
Bernd Lipsky nahm den Ball nur zu gerne auf.
„Ah, isch seh grad, mia hawwe Brominende unna uns. Die Sokodo is aa doo, odda? Bissl wenigschdens, odda, hä? Als nuff mit de Bollezei!"

Freese spürte, wie er Richtung Mikrofon geschoben wurde. Vorne angekommen, schüttelte ihm Bernd Lipsky ausgiebig die Hand. Dabei sah er ihn nicht an.
„Auf, mach mol ä Foddo, hä?"
Dann bugsierte er ihn zum Mikrofon.
„Jetz sin Sie droo! Odda? Odda? Hä?"
Freese räusperte sich.
„Lauda!"
„Isch hea nix."
„Dea hot doch noch gaa nix gsaat, du Dabbes!"
„Eewe drum!"
„Nun", hob Freese an. „Meine Damen und Herren, liebe Glickerbacher, liebe Glickerbacherinnen, ich grüße Sie!"
„Subba!"
„Guda Monn!"
„Jetz sei mo still", mischte sich Lipsky doch noch einmal kurz ein. „Äschda mol heere, hä? Was dea Voanehmbabbla fa uns zum saache hot."
„Ich finde es toll, dass Sie sich so engagieren. Aber..."
„Waas?"
Lipsky sah ihn mahnend an.
„Ich bin dafür..."
„Buh!"
„Mooment, lossen mol ausschwätze, dea is uff unsara Seit."

„Ich bin dagegen…"
„Sicksch!"
„… dass wir uns den ganzen Tag vermiesen lassen."
„Braffoo!"
„Rischdisch!"
„Endlisch sacht des mol ähna!"
„Und deshalb bin ich dafür, dass wir jetzt alle nach Hause gehen."
„Hä?"
„Hm?"
„Wie?"
„Ich bin dankbar für diese sehr gute Frage, die ich gerne aufnehme. Ich sage ganz klar: Wer fahren kann, soll fahren. Es gibt ja nichts Schöneres als mit dem Fahrrad zu fahren, zumal bei diesem herrlichen Wetter."

Freese bemerkte mit Genugtuung, dass es auf dem Platz geradezu andächtig ruhig wurde. Offenkundig war es ihm im Handumdrehen gelungen, die Aufmerksamkeit auf sich zu ziehen. Das beflügelte ihn.
„Ich sage: Machen Sie sich nun noch einen schönen Abend! Machen Sie sich keine Gedanken, alles wird gut. Wenn Sie noch Fragen haben, meine nächste Sprechstunde in der Sokodo ist morgen, 16 Uhr. Ich freue mich, wenn Sie vorbeikommen. Ich freue mich immer, wenn Sie bei uns vorbeikommen. Sie wissen, wir sind für Sie da. Gerne. Auch mit Ihren Sorgen und Nöten, kommen Sie zu mir! Ich habe immer ein offenes Ohr. Egal, um welche Probleme es geht, kein Problem ist zu klein, als dass ich es nicht lösen möchte."
Die ersten verließen den Platz.
„Des mescht jo kähn Spass."
„Isch kanns nimmie heare."
„Um was gings voahien nochmol?"
„Frog misch mol was Leischdares."

„Isch müsst dann eh…“
„Isch aa.“
„Un isch äschda!“
„Alla!“
„Alla!“
„Alla!“

Anschließend fand Marion Helche lobende Worte: „Des muss ma Ihne losse. Wie Sie die Leit ruisch gebrocht hawwe, Reschbeckt! Mied babble, des muss ma kenne. Des is ä bsunnares Talent. Un ma kann saache, was ma will iwwa Sie. Des hawwe Sie äfach druff!“

„Bonn Djorno!"
Kommissar Gündas Hoffnung, diesmal vor seinem unangenehmen Strandgenossen da zu sein, erfüllte sich nicht. Der saß bereits breitbeinig in seinem Korb und strahlte Kommissar Günda über die Ostsee-Zeitung hinweg an. Als ob nichts gewesen wäre. Obwohl es noch früh am Morgen war und die Sonne noch keine rechte Kraft hatte, trug er eine Sonnenbrille. Im Pilotenlook. Lachhaft. Und seine Begrüßungsfloskel sollte wohl von Weltgewandtheit zeugen.
Gonz schää affisch fa soän alde Sseggl, dachte Kommissar Günda und grüßte betont aufgeräumt zurück: „Morsche! Un was fan schääne! Aa schun doo?"

Er sah keinerlei Veranlassung, seine Sprache anzupassen. Auf ein weiteres Gespräch legte er ohnehin keinen Wert. Kommissar Günda präparierte seinen Strandkorb für den nächsten herrlichen Sommertag, ließ sich genussvoll in diesen fallen und wandte sich einem Buch zu, das er in Michaela Helches kleiner Hausbibliothek entdeckt hatte: *Der Richter und sein Henker*. Ein schöner Seitenhieb für den, der ihn verstehen mochte.

Er hatte am Vorabend mit der Hausherrin zwar kurz geplaudert, aber keinen Ansatzpunkt für ein weitergehendes Gespräch gefunden. Die Zeit dafür würde schon noch kommen.

„Wennse wolln, könnse meine Zeitung haben. Hab se schon jelesen."
Das klang auf Anhieb nett, aber Kommissar Günda erkannte sogleich die Spitze des Nachbarn, den Vorwurf, die hiesige Presse zu ignorieren.
„Hawwisch aa schun duasch. Im Hotel", gab er triumphierend zurück. Eine absolut gerechtfertigte Notlüge in diesem Moment, wie er fand. Nur kein näherer Kontakt! Schon gar nichts annehmen, was zu einer Verpflichtung ausarten könnte.

In Wahrheit hatte er gar nichts gelesen. So wie er auch nicht ferngesehen hatte. Er wusste nichts vom aktuellen Geschehen. Und damit konnte er leben. Mehr noch: Es tat ihm gut.
„Und? Wat sagen Sie zu dem Strandthema?“
Er hätte wissen müssen, dass es sich um einen Hinterhalt handelte.
„Ach Gott.“
„Is Ihnen so wat ejal?“
„Nää.“
Wenn er nur wüsste, was ihm egal sein sollte.
„Ick meine, ihr seid doch immer so für politisches Bewusstsein und Meinungsbildung. Die Demokratie habt ihr ja erfunden quasi. Ick, ick lerne ja immer noch.“
„Ähä.“
„Also, Butta bei de Fische: dafür oder dajejen?“
„Äh… Defoa.“
„Dafür?“
„Gönau.“
„Ha ick mia jedacht. Imma schön Profit machen, wa?“
„Hmpf“, antwortete Kommissar Günda vage.
„So wirds überall kommen. Auch hier. Zwar hat det Jericht ja entschieden, det die nich einfach Jebühren nehmen könn, wenn ehna mal an Strand will. Bloß ma kieken. Aber die ham ja auch jlei so ne Hintertür jemacht. Wenn bisken Luxus da is, Kiosk und ne jekachelte Toalette, denn jeht det schon mit den Jebührn. Und det finden Sie juut?“
„Gönau“, antwortete Kommissar Günda trotzig. Hauptsache er war mit diesem *Bessa-Wissa* nicht einer Meinung.
„Denn wollnse bestimmt auch, det da vorne anne Seebrücke bald die Kreuzfahrtschiffe landen.“
„Klaro.“
„Und am besten auch noch ne Jebühr für die Promenaden-benutzung.“
„Rischdisch.“

„Und wenn die Sonne lacht, kost allet det Doppelte, wa?“
„Ubedingt.“

Die beiden Männer blickten sich durchdringend an. Keiner verzog eine Miene. Kommissar Günda war überrascht von seinen unverhohlen feindseligen Gedanken. Dann rief er sich zur Ordnung. Er war schließlich im Urlaub. Die Stimmung wollte er sich doch nicht mit unnötigen Kappeleien trüben. *Mach doch de Babbe net struwwelisch*, wo galt das mehr als hier?
Der Klügere lacht zuerst, dachte er und rang sich nicht ohne Mühe ein zahnloses Grinsen ab: „Klähna Witz. Awwa net schlescht.“
„Sie sind mehr son Komika, wa? Icke ooch.“

In der Tat, die Stimmung in Glickerbach veränderte sich in der Folge ein weiteres Mal. Freeses Ansprache hatte dafür einen auslösenden Effekt, der für sich genommen freilich nur kurzfristig gewirkt hätte. Weit nachhaltiger war ein Thema, das noch auf dem Marktplatz, aber vor allem in den Esszimmern, Geschäften und Schrebergärten die Menschen umtrieb: „Hosch du des aa gheat? De Odda-Odda will Fahrfaboot fa die Iibeik?"
„Ealisch?"
„Hea mol, hosch du net aa ä Iibeik?"
„Alladings."
„Isch aa."
„Un des sollisch nimmie fahre, do in Gliggabach? A hea! Des geht nadierlisch net. Kummt net in Frooch!"
„Is dea noch gonz sauwa?"
„Isch sach da ähns: Dea hot sie all. Awwa net de Reih nooch!"
„Mei Redd!"

Als das dem Oder-Lager zu Ohren kam, hielt man dagegen und streute die Nachricht, die Gemeinde plane, dass die neuen Radwege ausschließlich von E-Bikefahrern benutzt werden dürften. Ein völlig ungerechtfertigtes Privileg, gegen das man mit aller Macht, mit Demonstrationen und Bürgerbegehren angehen wolle.

Doch diese Meldung ging nach hinten los, nicht nur, weil es bereits zahlreiche E-Bikefahrer gab, sondern vor allem, weil die Befürworter der Radwege daraufhin geschickt diskret verlauten ließen, die Gemeinde erwäge, einen Fond – *än Fong* – einzurichten. Jeder Glickerbacher, der ein E-Bike kaufe, erhalte daraus einen Zuschuss. „Un was fan fedde!"

Kurz, der Riss der durch die Gemeinde gegangen war, schien gekittet. Die Glickerbacher hatten ihren Frieden mit der Angelegenheit gemacht, dem zu erwartenden E-Bike-Boom sei Dank.

Übrig blieb indes der umso erbittertere Konflikt zwischen Bernd Lipsky und Uwe Schmidtke.

Freese ahnte, dass der noch nicht aus der Welt war. Und selbst wenn die sich bemühten, sich aus dem Weg zu gehen – wovon bei deren Mentalität leider nicht auszugehen war –, ganz ließen sich in einer Kleinstadt Begegnungen nun einmal nicht vermeiden. Denen sah Fritjof Freese weniger mit Hoffen als mit Bangen entgegen.

Der Spaziergang tat ihm gut. Direkt an der Brandung das Meer spüren, *de Mabbl*[75], der Wind im Gesicht, die Sonne, die ihm ins Kreuz schien, das Wasser, die leichten Wellen, die an seinen Füßen leckten. Die Hosen musste er immer wieder hochkrempeln, sie waren dennoch bald durchnässt. *Härrlisch!*
Eine weite Strecke legte er zurück, irgendwann gab es keine Strandkörbe mehr und immer weniger Spaziergänger. Schließlich machte er Halt an einem einsamen Ruderboot, das rücklings in Dünennähe lag.

Dort setzte er sich in den Sand und blickte bestimmt eine halbe Stunde aufs Wasser. Diese Ferne war neu für ihn. Die Ruhe ebenfalls, obwohl sich doch das Meer lautstark bemerkbar machte, obwohl er den Wind nicht nur spürte, sondern auch hörte.

Den Weg über war er in Gedanken versunken gewesen. Erst hatte ihn sein Nachbar beschäftigt. Wieso war zwischen ihnen so eine aufgeladene Stimmung entstanden? Ob er dazu Anlass geboten hatte? Nicht, dass er wüsste. Was hätte er anderes tun und sagen sollen? Doch je länger er spaziert war, desto weiter waren seine Gedanken geschweift. Hatten seinen Assistenten gestreift und dessen Probleme mit den Glickerbachern, waren kurz bei Marion Helche und ihrer Mutter gelandet und hatten sich irgendwann verloren im Nichts. Tatsächlich, er ertappte sich gerade dabei, wie er an nichts dachte. Was ja schlechterdings gar nicht möglich war. Oder etwa doch?

So geriet der Strandkonflikt in den Hintergrund. Wie lächerlich das Ganze überhaupt war. Ja, auch seine Reaktion. Männerrivalitäten zwischen Fremden. Wer brauchte das schon? Er nicht und sein Nachbar bestimmt ebenso wenig.

---

[75] Matsch

Solcherlei Gerangelgebaren unter Männern war ihm natürlich nicht fremd. Damals in der Schule war das an der Tagesordnung, im Sport, bei schulischen Leistungen. Nicht zuletzt, wenn es um Mädchen ging. Aber auch später im Beruf. Genau besehen begleitete das den Mann sein ganzes Leben lang. Es gab einfach unter Geschlechtsgenossen diesen Reflex, jeden anderen erst einmal als Konkurrenten wahrzunehmen. In allem.

Eigentlich fühlte er sich darüber erhaben. Das musste ja auch irgendwann einfach aufhören, das verlangte doch die Lebenserfahrung. Und er hatte auch den Eindruck, dass er immer seltener so reagierte.
Deshalb hawwisch des gut gemacht voahin, wennigschdens am Schluss, dachte er zufrieden. Wie er die Spannung aus der Situation genommen hatte. Einfach *suffarähn*[76]. Solchen Albernheiten war er doch entwachsen. Unzweifelhaft ein Vorteil des Älterwerdens.

Jetzt war er doch schon wieder bei diesem kindischen Thema! Er schüttelte den Kopf und machte sich auf den Rückweg. Die ganze Zeit über schien ihm nun die Sonne ins Gesicht, er nahm sich vor, bei nächster Gelegenheit Sonnencreme zu kaufen. Die Seebrücke kam näher, der Strand wurde wieder belebter, im Wasser tummelten sich etliche Badende. Bei jeder noch so kleinen Welle quietschten die Kinder vor Vergnügen. Er musste auch unbedingt ins Wasser. Nicht nur bis zu den Kniekehlen.

Sein Strandkorbnachbar dachte offenbar ähnlich, er hatte bereits seine Badehose angezogen. Was den Blick auf dünne Beinchen, aber einen dafür umso massigeren Leib gestattete. Man konnte sehen, dass der Mann schon ein paar Tage Sonne an der Ostsee genossen hatte, seine Haut war selbst an den erst jetzt der Luft zugänglichen Stellen gebräunt. Er cremte sich gerade ein.

---

[76] souverän

„Na, Meesta, warnse im Wasser?“
Kommissar Günda blickte statt einer Antwort an sich herab.
„Zu kalt, wa?“
Kommissar Günda hob die Brauen.
„Für mich nich! Mia kannet ja nich frisch jenuch sein.“
Da war es wieder, das Vergleichen, der Wettstreit. Und es ging nicht von ihm aus. Eindeutig.
Oukey, kannsch hawwe, dachte Kommissar Günda, er fühlte sich sofort wieder angestachelt.
„Nää. Isch geh glei.“
„Prima“, erwiderte sein Widersacher. „Dann wart ick.“
„Sauwa“, log Kommissar Günda.
Er zog aus seinem Rucksack ein Handtuch und seine Badehose. Ein hochbetagtes Stück, das er zuletzt bei einem Betriebsausflug in einem riesigen Spaß- und Erlebnisbad angezogen hatte. Während die Kolleginnen und Kollegen allerlei Rutschen und ähnlich abenteuerliche Einrichtungen ausprobierten, hatte er die Zeit vorwiegend im Whirlpool abgesessen. Seine Hände waren darauf derart *schrumbelisch*, dass sogar noch am nächsten Morgen Spuren davon zu sehen gewesen waren.

„Wu, äh, wo kamma sisch do umziehe?“
„Na hier, Meesta, wo sonst?“
„Nää, isch mähn Umkleidekabin, wo issen die?“
„Hier jibtet keene Umkleidekabine. So wat brauchen wir hier nich. Sie ham vielleicht davon jehört, wir warn früher FKK-Paradies. Heute leider nur noch da hinten, am andern Strandabschnitt. Könn wa gerne ma hingehen. Zeig ick Ihnen.“
„Äh… späda.“

Kommissar Günda zog sich in seinen Strandkorb zurück und mühte sich ab, sich unter dem viel zu kleinen Handtuch erst die Hose samt Unterhose aus- und dann die Badehose anzuziehen. Unter den belustigten Augen seines Nachbarn.

„Keene Angst, ick gucke Ihnen nix weg!"
„Nää", ächzte Kommissar Günda. „Net weje Ihne. Weje de Kinna nadierlisch."
„Det stimmt, die kriejen ja sonst bestimmt den Schock fürs Leben!"

Endlich hatte er es geschafft. Er blickte an sich herab. So anders als sein Nachbar sah er leider auch nicht aus. Abgesehen von der Hautfarbe: der weiße Wal.
„Erst ma schön eincrem, wa?"
„Brauchisch net", erwiderte Kommissar Günda widerborstig.
„Na denn! Ab ins Wasser würd ick sagen!"

Das Meer hatten sie nach wenigen Schritten erreicht. Seine Füße waren noch vom Strandspaziergang abgehärtet, denen machte das merklich frische Nass nichts aus.
Der übrige Körper jedoch zeigte sich überrascht, um nicht zu sagen geschockt. Seinem Nebenmann ging es bestimmt nicht anders. Man wusste ja, wie wichtig es gerade bei Älteren war, dass man sich an das kalte Wasser gewöhnte, erst die Brust benetzte, dann die Schultern, den Bauch…

Die Kinder in ihrer Umgebung sahen keine Veranlassung zur Rücksichtnahme auf die noch weitgehend trockenen Badewilligen. Sie rannten schreiend ins Wasser und taten alles, um einander schnellstmöglich nass zu machen. Auch Kommissar Günda bekam den einen oder anderen Spritzer ab. Ausgerechnet auf den Rücken, der damit spürbar überhaupt nicht gerechnet hatte.
„Ey!", entfuhr es ihm vorwurfsvoll.
„Jute Idee", meinte sein Nebenmann. „Wer zuerst janz drin is! Wer verliert, der schmeißt ne Runde."
Aa des noch, dachte Kommissar Günda. *Muss isch des hawwe? Zum Glick kennt misch do kähna!*

Sein Herausforderer tauchte beide Hände ein und wedelte sich das Nass mit hektischen Bewegungen zu. Was Kommissar Günda *gonz schää affisch* fand. Noch während er sich ein müdes Lächeln abrang, musste er mitansehen, wie sich dieser Angeber ansatzlos mit einem ungelenken, aber dafür lautstarken *Bauchblatscha* in die Fluten stürzte.

Kommissar Günda konnte sehr gut verlieren. *Kä Probblähm.* Vor allem, wenn es um solche unnötigen Disziplinen ging wie Sich-als-erster-nass-machen. Da siegte bei ihm einfach der gesunde Menschenverstand. Was nützte es, wenn er als erster ins Wasser rauschte, aber als letzter wieder hochkäme, nämlich nur mit fremder Hilfe, weil er einen Herzinfarkt erlitten hatte.

Und doch, tief in seinem Innern spürte er, er sann zwar nicht auf Rache, das wäre nun wahrlich übertrieben, aber auf Revanche. Er ertappte sich dabei, wie seine Gedanken darum kreisten, auf welchem Gebiet die gelingen mochte. Völlig unnötige Überlegungen, wie er sich klarzumachen versuchte. Aber es fiel ihm schwer, davon loszukommen.

Er beschloss sich abzulenken, erst einmal die Spielschulden, die ihm sein Nachbar auferlegt hatte, einzulösen. Für den Weg zum Kiosk behielt er die Badehose an. Gerade weil ihm der Kollege dringend riet, diese zu wechseln.
„Wejen de Blase. In unsam Alter nich so ohne."
„Isch bin do net so empfindlisch", gab Kommissar Günda herablassend zurück.

Ein klarer Punkt für ihn.

„Hawwe Sie Reale[77]?", fragte er den Kioskbetreiber, nachdem der ihm zwei Flaschen eiskalte Fassbrause überreicht hatte – für Alkohol war es definitiv zu früh.
„Ob ich was habe?"
„Reale."
Angestrengt suchte Kommissar Günda nach dem rechten Wort auf Hochdeutsch, ihm fiel jedoch lediglich der Dialektausdruck ein. Er wusste genau, dass es diesen anderen Begriff gab, aber er kam nicht darauf.
„Gibts des?", fragte er sich leise. „So fängt des wahrscheinz oo."
„Was fängt an?"
„Vagessales."
„?"
„Vagesses. Isch moine des zum Neistecke."
„Reinstecken? In die Brause? Sie meinen Eiswürfel?"
„Nää. Neine."
„Ah, jetzt weiß ich. Bierwärmer. Es ist Ihnen zu kalt. Tut mir leid, das habe ich nicht."

Kommissar Günda hatte sogleich jemanden vor Augen, der im Restaurant sein Bier regelmäßig mit einem solchen aufgeheizten Metallstab anzuwärmen pflegte, und es machte ihm zu schaffen. Bei dem Jemand handelte es sich um seinen Großvater.
„Wisse Sie was, isch nämm liewa zwee Bescha."

So ausgerüstet machte er sich auf den Rückweg. Der Empfang war überschwänglich: „Oh, et jibt wat zu trinken. Mein lieber Scholli! Glei zwee Flaschen Brause! Wenn wa det ma bis Ende der Woche schaffen! Da hat aber einer die Spendierhosen an, wa?"

Kommissar Günda überging die unverhohlene Kritik. Er fand

---

[77] Strohhalm

die Runde völlig angemessen, es war ja schließlich nur ein läppischer Wettbewerb gewesen.
„Allo. Proscht. Ibbrigenz, isch bins, de Günda."
„Emil mein Name. Anjenehm."
Sie stießen beide an, und Kommissar Günda nahm wieder in seinem Korb Platz.
„Bisken kalt, die Pulle."

Und noch ein Punkt für ihn.

Eine ansehnliche Menschenansammlung hatte sich auf dem großzügigen Parkplatz vor dem Supermarkt gebildet. Freese hatte Mühe, sich den Weg zum Zentrum des allgemeinen Interesses zu bahnen.
Die Szene, die er dann sah, erinnerte ihn an Schulhof-Raufereien, wenn sich zwei Typen feindselig gegenüberstanden und die Meute drumherum nur darauf wartete, dass sie sich endlich an die Wäsche gingen.
Mit einem wesentlichen Unterschied: Bei den beiden Kontrahenten handelte es sich nicht um rauflustige Jungs, sondern um gestandene, ältere Herren. Beide waren Freese wohlbekannt.

Dafür schienen weder Uwe Schmidtke noch Bernd Lipsky unbewaffnet. Jeder führte ein Fahrrad bei sich, das drohend in Richtung des anderen zeigte. Wie ein wildes Tier, das zwar noch an der Leine lag, aber nur darauf wartete, losgelassen zu werden, um über den Gegner herzufallen.
Freese schob sich zwischen die Männer, die sich nicht aus den Augen ließen. Man merkte der neugierigen Menge an, dass sein Einschreiten nicht erwünscht war.
„Schiedsrischda, Tellefoon!"
„Was ist hier los?", fragte Freese und bemühte sich um einen respekteinflößenden Ton.
„Dea hot oogfange!"
„Hä? Vun weje, vazehl nix. Dea hot oogfange. Odda, odda, hä?"
„Moment! Alles schön der Reihe nach. Wer hat womit angefangen? Worum geht es hier überhaupt?"
„A, dea Sseggl hot mia äfach die Voafahrt genumme."
„Dia? Die Voafahrt? A, wu lebschn du? Seit wonn hosch du do Voafahrt, hä? Odda?"

Freese hielt es für möglich, dass sich das letzte *oder* an ihn richtete. Er zögerte mit einer Antwort, um erst mehr zu erfahren. Ohne Not wollte er sich nicht auf eine Seite schlagen.

Am liebsten wollte er sich auf gar keine Seite schlagen.
„Nun, wir befinden uns hier auf einem privaten Parkplatz. Firmengelände“, setzte er vorsichtig an.
„Un derf do jeda grad fahre, wiea will? Hä?“
„Nein, natürlich nicht.“
„Sicksch. Allo. Des loss isch mia net gfalle, isch net. Reschts voa links, odda? Un isch bin vun reschts kumme. Hä? Odda?“
„Du? Du weesch doch gaa net, wu reschts is.“
„Awwa du! Blind wie än Stockfisch, daab wie ä Nuss. Du bisch doch gemeingfäalisch uffm Rad, hä? Du derfsch doch gaa nimmie Rad fahre, hä? Dia gheat doch die Kett abmondiat. Odda, odda, hä?“
„Un du, du hosch doch noch nie radfahre gekennt. Du gheasch uffs Tretboot. Am beschde uff Schaffhause, de Roi[78] nunna.“
„Stopp, die Herren! Grundsätzlich gilt hier auf dem Parkplatz noch mehr als im öffentlichen Straßenverkehr das Gebot der Rücksichtnahme, unabhängig von jeder Vorfahrt.“
„Hosch des gheat? Hä? Hä? Rücksischt! Awwa des is jo fa disch ä Fremdwortt.“
„Isch sach da ähns. Wea so fährt wie du, dea hot kä Rücksischt vadient. Dea gheat vum Rad ghollt. Zum Schutz vun de Allgemeinheit.“
„Du, du mähnsch, du wäasch de Kees, bloß, weil du soä dabbisches Iibeik hosch, hä?“
„Isch kann nix defoa, dass du dia des net leischde kannsch. Dass du mit soämme alde Howwl rumfahre musch. Wenn des de Tüff sehe deed, die grähgde[79] jo än Schock fas Leewe!“
„Isch? Isch konn mia des net leischde? Isch sach da ähns, odda? Isch will kähns, isch brauch kähns. Isch kann nämmlisch noch selwa trepple. Un des net zu knapp. Odda? Odda? Hä?“
„O! Du bisch jo bloß neidisch.“

---

[78] Rhein

[79] kriegten

„Isch? Neidisch? Hä? Hä? Hä? Des wüssdisch awwa. Gugg da des doch mol oo, des Ding, hä? Des is doch gaa kä Fahrrad. Trepple musch nimmie, uffsteije musch aa nimmie, grad bissl driwwa rutsche, weil du beiämme nommale Fahrräddl schun gaa nimmie driwwa kummsch mit deine Fieß, deine krumme. Odda, odda, hä?"
„Hea mol, des is vleischt modärnn. Des is des Neuschde. Tiefa Eistieg heeßt ma des."
„Du bisch aa soän tiefe Eistieg."
„Hea? Wittsie?"
„Gärnn. Odda? Odda? Drau disch grad!"
Beide verringerten den Abstand zueinander, Freese sah sich gezwungen zurückzuweichen.
Der Menge gefiels: „Auf, fangt schun oo."
„Isch hab net ewisch Zeit."
„Isch will was sehe fa mei Geld."
„Un isch, isch misst noch eikaafe. Vleischt keent ia grad noch bissl waade mim Vawesche[80], bis isch widda do bin."
„Dia loss isch glei mol die Luft ab. Fa alle Zeide. Odda? Donn brauchsch nimmie uff dei Iibeik zum rutsche, donn kannsch froh sei, wenn du de Rolladoa schiewe kannsch, odda, odda? Awwa nimmsch am beschde glei än Ii-Rolladoa. Vun allää kummsch du sowieso nirgends mehr hie, wenn isch mit dia fäddisch bin. Hä?"
„O! Du hosch doch bloß ä groußi Labb. Nix dehinna. Kumm grad hea, kumm grad mol hea!"
„Meine Herren! Bitte! Ich muss Sie dringend bitten, sich zusammenzureißen!"
Freese griff in seine Tasche.
„Obacht, jetz ziehda bstimmt sei Bollezei-Pischdool."
„Sauwa!"
„Des waat isch noch ab, donn geh isch eikaafe."

---

[80] Verprügeln

„Wir sind doch unter zivilisierten Menschen. Man kann doch alles vernünftig regeln. Anderenfalls…“
„Wärre sie beide vahaft. Subba!“
„Ah, nää. Des wäa schaad, do hawwe mia nix defu, wenn die sisch im Knascht vawesche.“
„Des stimmt alladings.“

Freeses unbestimmte Drohung wirkte. Plötzlich schien beiderseitige Einsicht möglich. Er nutzte die Gunst des Moments.
„Meine Herren, so wie ich die Sache sehe, ist nichts weiter passiert. Oder gibt es irgendeinen Schaden?“
„Hajo. Än Dachschade. Bei demm. Voll plemplem, dea Kärll.“
„Ich meine, ist irgendjemand zu Schaden gekommen?“
Er sah die Kontrahenten eindringlich an. Keine Reaktion.
„Niemand. Sehr gut. Gibt es an den Fahrrädern Schäden?“
Wiederum sah er von einem zum anderen.
„Ebensowenig. Prima. Umso besser. Dann schlage ich vor, wir vergessen das Ganze.“
„Niemals.“
„Dodefu droomsch du, hä?“
„Meine Herren“, Freese wurde eindringlich. „Ich kann natürlich auch ein Protokoll aufnehmen. Aber ich sage Ihnen, das könnte für Sie teuer werden…“
Beide grummelten vor sich hin.
„Sehr teuer…“
Das Grummeln ließ nach.
„Ich merke, Sie werden vernünftig. Jetzt geben Sie sich die Hand, und Schwamm drüber. Auch von meiner Seite. Einverstanden?“
„Dea zuärscht. Odda?“
„Ä-ä, kummt net in Frooch. Dea!“
„Vorschlag zur Güte: gleichzeitig. Bitte!“
Zögernd kamen beide der Aufforderung nach. Freilich, ohne einander in die Augen zu blicken.

„Keiner muss sich entschuldigen. Es war alles ein großes Missverständnis. So, und nun gehen alle ihrer Wege. Auch Sie, meine Damen und Herren. Hier gibt es nichts mehr zu sehen!"

Langsam und widerwillig löste sich die Versammlung auf.

Freese beobachtete überrascht, wie Lipsky und Schmidtke einträchtig von dannen zogen. *Ein seltsames Völkchen, diese Glickerbacher*, dachte er. Aber wenn er den Konflikt wirklich soeben gelöst hatte, dann hatte er eine erstaunliche Leistung vollbracht. Keine einzige Nachfrage hatte er im Verlauf der Auseinandersetzung gestellt. Obwohl er vielleicht gerade einmal die Hälfte des Gesagten verstanden hatte. Er hatte einfach stur und stoisch seinen Stiefel durchgezogen. *So gehört sich das für den Assistenten vom Tschief.* Der könnte stolz auf ihn sein. Freese war es jedenfalls schon einmal.

Dann jedoch vernahm er, wie sich die Männer weiter beharkten.
„Heit bisch du nochmol defu kumme, weil dea Hannebambl vun de Bollezei do is. Odda? Wenn isch disch des näckschde Mol vawisch[81], dann traare ma die Sach aus. Odda? Ää fa alle Mol. Odda? Des is schun long fällisch, des weesch du. Hä?"
„Des kannsch hawwe. Do waat isch schun eewisch druff. Awwa isch saach da ähns, donn mach isch dia die Hack nei!"

Freese schüttelte den Kopf und versuchte, sich mit dem Gedanken zu trösten, dass nichts so heiß gegessen wie gekocht würde.

Hoffentlich jedenfalls.

---

[81] erwische

„Na, Meesta, wie isset?“
„Subba“, antwortete Kommissar Günda abschließend. Er war nicht schon wieder auf ein Gespräch erpicht.
Sein Nachbar offenkundig schon: „Ick saare jrade: Na, Meesta?“
Kommissar Günda ignorierte die seltsame Formulierung. Er hatte keine Ahnung, was dieser Begriff sollte. Ein Kosename? Ein Schimpfwort?
„Ick maaine natüalisch Bademeesta!“
Jetzt verstand Kommissar Günda. Sie hatten in seiner Abwesenheit wohl Besuch gehabt, und Agnetha musste geplaudert haben.
„Bu!“
„Ach Gott, bin isch jetz awwa vaschrogge!“
Die Kleine hatte sich hinter seinem Strandkorb versteckt und war unvermittelt hervorgesprungen.
„Mach des jo net nochmol!“
„Janz schön schreckhaft unser Bademeesta.“

Nein, kein Punkt, die Runde war noch gar nicht offiziell angepfiffen worden.

Kommissar Günda fing sich rasch: „Un? Was hat doin Papa heut mit dir schon Schöönes undanommen?“
Er hoffte, so zu einem anderen Thema zu gelangen.

Vergebens. Im Gegenteil. Veranlasst durch seinen hartnäckig interessierten Nachbarn erfolgte zu seinem Leidwesen sogar eine Ausweitung der Thematik im Hinblick auf die mediale Aufbereitung des Bademeister-Berufsstandes. Auch Agnetha beteiligte sich rege an den vielen aufkommenden Fragen.
„Ick sare nur *Baywatch*. Sach ma, is det Leben als Bademeesta wirklich so uffrejend wie im Film?“
„Hmpf.“
„Jibded ooch welche, die nich dürfen? Wejen de Fijur?

„Hhhh."
„Wie viele Leute hast du schon gerettet?"
„Äh…"
„Wat denkt man eijentlich bei Mund-zu-Mund-Beatmung?"
„Aare zu un duasch!"
„Was findest du besser: die Serie oder den Kinofilm?"
„Ou…"

So überfordernd gerade diese Frage für ihn war, sie kam ihm auch zugute. Längst hatte sich eine kleine Traube um ihre Strandkörbe gebildet. *Baywatch* lockte, es bewegte die Menschen offenkundig. Bald entspann sich eine rege Diskussion. Dabei ging es um grundsätzliche Fragen, um Glaubensbekenntnisse, um Kulturkritik: Alt gegen Jung, Ost gegen West. Hasselhoff gegen *Dwäin irgendwas*. Pamela Anderson gegen *Wasweeßnisch*.

Kommissar Günda befand sich weiterhin im Zentrum, war aber irgendwie auch außen vor. Ihm kam das sehr gelegen, denn zu dieser fachlichen Auseinandersetzung hätte er noch weniger beitragen können als zu allgemeinen Bademeisterfragen. Er hatte weder den Film noch die Serie gesehen. Von David Hasselhoff wusste er lediglich, dass er immer eine rote Badehose trug und irgendein bojenartiges Ding. Gegen manche Bilder konnte man sich einfach nicht wehren.
Pamela Anderson kannte er ebenfalls. Aber er hatte eine Entschuldigung. Der Kollege Weizen hatte eine Zeitlang in seinem Dienstwagen auf dem Armaturenbrett eine ihr nachempfundene Figur angebracht, die er mit einem anzüglichen *Schäik it, Beebii!* zu begrüßen pflegte.
„Weesch, wea des is, Günda?"
„Kä Ahnung."
„A hea, des sieht ma doch! Dpämmla! Dobbl Dee. Mindeschdens! Isch heed noch ä Bobb vun derre fa disch. Wie wäas?"
„Nää donge, isch hab schun än Waggldaggl."

Kommissar Günda ließ die Fachsimpelei über sich ergehen und blendete das meiste aus. Lediglich einzelne Schnipsel drangen zu ihm durch. Irgendwann zerstreute sich die Baywatch-Gemeinde. Übrig blieben der Bademeister und sein Spötter.
„Ick maaine, ihr Bademeesta, ihr habts juut."
„Finsch?"
„Na klar. Immer det schöne Wetter, die schönsten Frauen, und sojar Jeschichte habt ihr jeschrieben mit euam Vorturner aus Amiland."
„Isch hab kä Ahnung, was du mähnsch, Emil."
„Der Hasselhoff, der hat ja dafür jesorgt, det die Mauer überhaupt jefallen is."
„Hä?"
„Na, der hat doch immer det Lied jesungen: *Looking for Freedom*. Und dann haben Unsre irjendwann jesacht, na, bitte, wenn sojar der Oberbademeesta det sacht, wirds schon seine Richtigkeit haben. Da habt ihr halt eure Freiheit. Nu seht zu!"
„Dea war des?"
Kommissar Günda schüttelte sich. Er nahm damit weniger Bezug auf Emils Politblödelei als auf den Songtitel, der bis heute so gerne gespielt wurde in solchen Sendungen wie *Die 100 heißesten Songs gegen den kalten Krieg*.
„Do krigg isch imma glei de Woaxa[82]."
„Det is jan schönet Wort für die Einheit. Und det aus deinem Munde?"
„Isch glaab, isch muss glei nochmol ins Wasser", beschied Kommissar Günda, des Themas endgültig müde, knapp und sah zu, dass er schnell außer Hörweite kam. Nicht schnell genug.
„Imma im Dienst, wa? Unser IM Bademeesta."

---

82 Würgereiz

„Marijonne?“
„Hm?“
„Sagt Ihnen der Ausdruck etwas: Ich mache dir gleich die Hacke hinein?“
„Sie mähne: Isch mach dia glei die Hack nei!“
„Oder so.“
„Wea sacht des?“
„Das habe ich irgendwo aufgeschnappt.“
„Vun wemm?“
„Drei Mal dürfen Sie raten.“
„Vumm Odda-Odda.“
„Wahrscheinlich. Vielleicht aber auch von diesem anderen.“
„Vum Ube?“
„Einer von beiden war es jedenfalls. Ziemlich aggressiv. Also? Was bedeutet das, ist das eine ernstzunehmende Drohung?“
„Kummt druff oo. An sisch is des haamloos. Des keendisch aa zu Ihne saache. Oukey, zu Ihne jetz vleischt net. Awwa zu jedem annare in Gliggabach. Oohne dass des Probblähme gewwe deed.“
„Also mehr eine Floskel wie *Ich wünsche dir noch einen schönen Tag.*“
„A, so jetz aa widda net. Mea so: Uffbasse. Fa disch langts grad noch!“
„Was? Was langt?“
„A, was weeßnisch! Des kummt halt druff oo. Zum Beispiel beim Senioreschach.“
„Das gibt es?“
„Wisso net?“
„Ich dachte, das ist vielleicht nicht das richtige Spiel für Senioren.“ Freese grinste. „Wegen der Vergesslichkeit. Wer ist dran? Wer hat Schwarz, wer hat Weiß? Heikel.“
„Sie! Do wäa isch bissl voasischdisch, die mache Sie nass, die vum Senioreschach. Wie Sies brauche. Alle. Duasch die Bonk!“
„Ach so!“ Er ruderte zurück. „Nein, nein, ich wollte keinem zu nahe treten. Das glaube ich gerne.“

„Awwa des is ä guudes Beispiel. Wenn Sie jetz zum Senioreschach gähngde…"
„Gähnte?"
„Ä-ä. Gähngde."
„Nie gehört, dieses Wort."
„A so. Moment. Folgendes: Wenn Sie was noch net gemacht hawwe, awwa keende."
„Keen-dö?"
„Hippodeedisch. Is des so schwea zum vastehe?"
„Ach so, hypothetisch. Ja."
„Wie siehts aus? Gehe Sie zum Senioreschach?"
„Nein."
„Sicksch. Awwa Sie keende."
„Ich könnte."
„Des isses. Un deshalb gehe Sie net, sondann Sie gähngde. Hawwe Sie des jetzat vastanne?"
„Ah, der berühmte Konjunktiv."
„Hammia aa, brauche Sie net zum denge. Allo, wenn Sie zum Senioreschach gähngde…"
„Wenn ich zum Seniorenschach ginge…"
„Was deede do die Leit zu Ihne saache?"
„Keine Ahnung. Schön, dass Sie da sind, prima, dass mal ein Junger zu uns kommt."
„Ä-ä. Die deede saache: Dia? Dia machisch glei die Hack nei. Hogg disch!"
„Ah, jetzt verstehe ich. Das ist eine Formulierung, mit der man jemanden herausfordern will."
„Du hoschs."
„Also wie bei den Boxern, wenn die eine Pressekonferenz haben vor dem großen Kampf, dann beschimpfen sie sich, dann plustern sie sich auf, dann geben sie an, um den anderen einzuschüchtern."
„Gönau."
„Mike Tyson könnte also vor dem Kampf genauso gut seinem

Gegner zurufen: Ha! Hör mal her! Ich mache dir gleich die Hacke hinein."
„So ähnlisch."
„Sofern Mike Tyson Kurpfälzer wäre."
„Sie hawwes gabiat scheinz."
„Also alles Show."
„Meischdens. Awwa manschmol aa net."
„Wie meinen Sie das?"
„Bei denne zwee HB-Männl is des bissl was annares. Die hawwe sisch schun so uffgebumbt wie zwee Ochsefräsch. Isch weeß net. Mia gfällt des net. Wie is des abgloffe? Des hot also de ää zum anna gsacht."
„Ja."
„Un wie hot de anna reagiert?"
„Na ja, ähnlich aggressiv. So wie bei den Boxkämpfen eben."
„Vleischt gibt des jo aa ähna."
„Was?"
„Än Kampf."
„Halten Sie das für möglich? In dem Alter?"
„So wie die zwee druff sin."
„Aber woher kommt diese Aggressivität? Ist das eine längere Geschichte zwischen den beiden?"
„Gugge Sie mol, die ware jo fria zamme im Gemeinderat."
„Ah, daher weht der Wind. Langjährige politische Gegenspieler."
„Eewe net. Die ware soggaa in de selwe Fraggzioon."
„In derselben Fraktion? Seltsam."
„Gell? Des is jo des Koomische. Un die sin imma guud auskumme middenanna. Die sin jo oft bei mia ghoggt nooch de Gemeinderatssitzung. Alles hammoonisch. Zamme gsoffe, zamme gebabblt, aa schun mol zamme am Disch eigschloofe voa lauda lauda. Awwa uff ähmol. Isch weeß aa net. Wie gstoche."
„Meinen Sie, ich sollte beide mal zu einem Gespräch zu mir bitten?"

„Fa waas?"
„Nun, um zu vermitteln, um diesen Konflikt auszuräumen."
„Sie, Härr Freese", Marion Helche sah ihn teilnahmsvoll an. „Seie Sie mia net bees, des grähgde Sie net hie."
„Wieder ein Konjunktiv, hab ich recht?"
„Alladings. Un was fan schääne. Grähgde. Vun wellem Wortt? Auf! Roode Sie mol!"
„Hm. Schwierig. Graben?"
„Nää."
„Krähen?"
„Abba. Krieje."
„Kriechen?"
„Ä-ä. Isch krigg vun derre Servela."
„Eine Abschiedsfloskel?"
„Hä?"
„Der Weizen sagt das immer, wenn er geht: *Servela.* Wenn er denn geht."
„Ah, dea Dabbes. Nää, des is die Worschtsortt: Servela."
„Verstehe. Jetz hab ichs. Krägen kommt von kriegen."
„Rischdisch. Awwa, wenn mia schun debei sin, des is aiig indressant: Isch krigg aa gholfe."
„Sie kriegen geholfen?"
„Manschmol wennigschdens. Un manschmol krigg isch aa ghuppt."
„Sie kriegen was?"
„Ghuppt."
„Auch eine hiesige Wurstsorte?"
„Nää. Ghuppt. Mit de Hupp. Im Audo! Am Lenga!"
„Ah, ich verstehe. Wenn Sie an der Ampel stehen, die Ampel wird grün, aber Sie fahren nicht los, dann kriegen Sie gehupt. Passiert mir auch manchmal."
„Nää. Isch schloof net on de Ambl. Nie. Isch krigg weje annare Sache ghuppt."
„Warum? Von wem?"

Marion Helche sah Freese erwartungsvoll an. Der schwieg.
„A – vun de Männas nadierlisch."
„Männer hupen? Wieso?"
Diese Frage brachte ihm einen tadelnden Blick ein.
„Kenne Sie sisch des net voastelle bei mia? Wennisch als uffm Trottwaa[83] unnawegs bin."
„Wo?"
„Uffm Gehweg."
„Dann hupen Männer?"
„Manschmol. S hot bissl nochgelosst, mussisch zugewwe. Awwa skummt als noch voa."
„Also, wenn ich das nächste Mal an Ihnen vorbeifahre, werde ich daran denken und hupen. Versprochen."
„Awwa net, wennisch so schlumbelisch oogezorre bin wie heit." Sie zuppelte an ihren Klamotten.
„Aber Ihnen steht doch einfach alles, Marijonne."
„Sie sin mia jo än schääne Schloima."
„Gelernt ist gelernt. Wie sind wir jetzt überhaupt darauf gekommen?"
„Sie hawwe gsacht, Sie deede die zwee Kampfhähn gärnn mol eilade. Zum Schlischde. Un isch hab gsacht, des grähgde Sie net hie. Sie net."
„Vielleicht haben Sie recht. Sie vielleicht? Wie wäre es mit Ihnen als Friedensstifterin, Marijonne? Ich wäre Ihnen wirklich sehr dankbar."
„Abba. De Odda-Odda, dea hot des doch mitkriggt, wie isch druff waa bei demm seinare Demonschtrazioon. Des hot kähn Docht."
„Wer könnte denn dann zwischen den beiden vermitteln?"
„Wenn Sie misch so froore, do gibts bloß ähna."
„Sie meinen…"
„Gönau. De Tschief."

---

[83] Trottoir

„Ja, stimmt. Das wäre an sich der Richtige. Aber im Moment…“
„Issa net doo, schun klaa. Awwa Sie keenden jo mol oorufe.“
„Anrufen? Ich glaube, das wäre in der jetzigen Situation nicht so gut.“
„Probblähme?“
„Nein.“
Marion Helche schaute Freese eindringlich an.
„Alles in Ordnung. Ich denke nur nach.“

Gar so schlimm fand es Kommissar Günda nicht, dass es regnete. Zum einen plagte ihn ein leichter Sonnenbrand – *nix gegwööhnt* –, den er keinem, schon gar nicht diesem Emil vor Augen führen wollte. Die Genugtuung wollte er dem nicht geben. Zum anderen fand sich im Garten ein Teepavillon, *gonz schnuggelisch*, den er zunächst übersehen hatte.
Michaela Helche hatte ihn darauf aufmerksam gemacht: „Unser ganzer Stolz, Heizung haben wir keine drin, aber kalt ist es ja nicht. Und wenn, dann gebe ich Ihnen gerne eine Decke. Ach ja, Internet gibt es dort leider nicht."
„Mescht nix. Brauchisch eh net."
„In Ihrem Zimmer haben Sie Netz, das wissen Sie."
„Was hawwisch?"
„Sie können in Ihrem Zimmer ins Internet per WLAN, das Passwort liegt im Erker auf dem Beistelltisch."
„Ähä."
„Haben Sie das noch gar nicht gesehen?"
„Nää."
„Das ist Ihnen auch nicht so wichtig offenbar."
„Isch brauch denn Kees net. Isch bin grad froh, wennisch mol nix seh un hea."
„Dann haben Sie zu Hause bestimmt viel mit Computern zu tun."
„Ach Gott", antwortete Kommissar Günda unbestimmt. „Bissl."
„Ich verstehe, dass Sie dann im Urlaub abschalten möchten. Wir hatten das zuerst auch nicht in den Zimmern, aber immer mehr Gäste legen Wert darauf."
„Weje mia net."
„Na, in unserem Teepavillon haben Sie jedenfalls Ihre Ruhe. Ich wundere mich zwar, aber den nutzt viel zu selten jemand. Vielleicht ist es heute bei dem Wetter anders. Und vielleicht muss einfach mal jemand den Anfang machen."
„Hm?"

„Keine Angst, ich schicke Ihnen jetzt nicht alle meine Gäste auf den Hals. Es ist aber einfach schön, wenn die Leute sehen, aha, das gehört auch zur Villa Romantica, das darf man ebenfalls nutzen.“

Und so hatte er sich mit seinem Buch und ein paar Zeitungen in den Pavillon zurückgezogen. Vier gepolsterte Stühle mit hohen Lehnen waren in dem kleinen Raum verteilt, zu jedem gehörte ein Beistelltischchen mit Glasplatte und Teelicht. In der Ecke stand ein Wasserkocher, daneben fanden sich etliche Teebeutel verschiedenster Sorten. Außer ihm war tatsächlich niemand da. Er zögerte. Immer, wenn er die freie Wahl hatte, kam er ins Trudeln. *Net so äfach.* Zwei Mal wechselte er den Platz, bevor er sich endgültig für einen Stuhl entschied.

Insgeheim, das wusste er wohl, insgeheim hoffte er, irgendwann würde sich Michaela Helche einfinden, sich erkundigen, ob alles in Ordnung sei, ob er eine Tasse Tee wolle. Und so ergäbe eines das andere, und sie kämen zwanglos ins Gespräch.
Weibliche Gesellschaft wäre ihm generell gelegen gekommen. Nach dieser Überdosis Emil.

Michaela Helche tauchte nicht auf, dafür erschien bald darauf eine Frau, die ihm schon beim Frühstück aufgefallen war. Während dort alles ruhig, fast geräuschlos vonstatten ging, selbst *Guten Morgen* grüßte man betont leise in die Runde, mündeten die Unterhaltungen dieser Frau mit dem Kellner regelmäßig in ein herzerfrischendes Lachen, das eigentlich ansteckend wirken müsste, wäre nicht jeder sorgsam darauf bedacht, die geradezu andächtige Stille nicht zu stören. Kommissar Günda hatte es ein ums andere Mal *halwa gerisse.* Er hatte sich dann jeweils mit einem dezenten Klappern seiner Kaffeetasse darüber hinweg gerettet.
„Darf ich, oder störe ich Sie?“

„Nänää, komme Sie ruisch. Isch les grad."
„Schön. Das habe ich auch vor. Das Wetter lädt ja heute nicht gerade an den Strand ein."
„Des stimmt."

Anschließend hörte er nichts mehr von ihr, bis auf das Rascheln der Seiten beim Umblättern.
Idyllisch. Einander fremde Menschen sitzen zusammen in einem Raum und lesen vor sich hin. Das gab es auch im Wartezimmer beim Arzt, aber da überbrückte man nur die Zeit und war gedanklich schon beim drohenden Bohren. In Lesesälen und Büchereien verloren sich die Leserinnen und Leser mehr, hier dagegen war man auf engstem Raum beisammen. Und doch kam keiner dem anderen ins Gehege, fühlte sich keiner verpflichtet, ein Gespräch zu beginnen. Das funktionierte nicht mit jedem. Mit diesem Emil beispielsweise mit Sicherheit nicht. Selbst wenn sie sich gerade erst hier in diesem Pavillon kennengelernt hätten, wären sie mit ziemlicher Sicherheit sehr bald aneinandergeraten.

Lag das daran, dass seine Mitleserin eine Frau war? Genauer, konnte man mit einem Mann nicht einfach nur lesen? Kam da gleich wieder automatisch dieser Konkurrenzkampf auf: Wer liest schneller, wer blättert häufiger um? War für Männer das ganze Leben nur auszuhalten, begriff man es als Aneinanderreihung von Wettbewerben?

Kommissar Günda bemerkte, dass er sich schon geraume Zeit nicht mehr mit seinem Buch beschäftigte. Sollte er einfach mal umblättern, damit das nicht so auffiel?
Bleedsinn!
Was war das für eine Überlegung? Wollte er der Frau imponieren, indem er las? Hatte er Sorge, sie könnte ihn für einen Banausen halten, weil er hörbar nicht las?
Immerhin war er ja zuerst da gewesen. Mitsamt einem Buch.

Ohne damit zu rechnen, dass eine Frau auftauchen würde.
Ob er las oder nicht, was spielte das für eine Rolle?

Aber was hinderte ihn gerade am Lesen? Fühlte er sich beobachtet? Nein.
Störte ihn ihre Anwesenheit?
Im Gegenteil.

Selbstverständlich war er nicht verpflichtet zu lesen. Er ließ lediglich wie so oft seine Gedanken schweifen. Das passte doch vorzüglich zum Lesen. Dass ein solches Lesen ohne zu lesen mit einem anderen Menschen möglich war, dafür war er dieser fremden Frau in diesem Moment dankbar.

Irgendwann erhob sie sich. Kommissar Günda hatte keine Ahnung, wieviel Zeit vergangen war.
„Auf Wiedersehen. Schön wars, mit Ihnen zu schweigen!“
„Donge. Gleischfalls.“
„Dann noch einen angenehmen Tag.“
„Tschüssl. Äh, gönau.“

Kommissar Günda blieb noch. Schade, dass sie gegangen war. Er hatte sich in ihrer Gegenwart so wohl gefühlt, dass er sie zwischendurch sogar vergessen hatte. Hatte das mit Sympathie und Antipathie zu tun? Gab es irgendeine Attraktivität, die ihn gewogen gestimmt hatte? War er wohlwollend, weil sie eine Frau war? Weil sie so nett lachen konnte?

Gewiss, all das spielte bestimmt eine Rolle. Aber er war sich sicher, selbst wenn er sie nie zuvor gesehen hätte, es wäre ihm nicht anders ergangen. Sie waren sich nicht begegnet, sie hatten lediglich einen Raum geteilt. Und sie hatten das beide ausgehalten. Gut und gerne sogar. Für diese Zeitspanne und für diesen Zeitverteib waren sie ein ideales Team gewesen.

Auffallend auch, wie er ihre Bemerkung hinsichtlich des Schweigens aufgenommen hatte. Da hörte er keinen Vorwurf, keinen Angriff. Dafür gab es keinen Grund, klar, aber hätte dieser Emil mit ihm hier gesessen, und sie hätten sich nie zuvor gesehen, und er hätte genau das Gleiche zum Abschied gesagt, Kommissar Günda hätte es völlig anders empfunden.

Das, er legte das Buch beiseite und beugte sich nach vorn, das war gerade eine wichtige Erkenntnis: Solche Menschen hatte es selten, aber immer wieder in seinem Leben gegeben. Männer, die eine besondere Gabe hatten. Die es ohne Umschweife, bei jeder Gelegenheit vermochten, ihn aus der Reserve zu locken, ihn zu provozieren.
Uuneedisch.
Awwa schun indressant.
Bissl.

Freese beschloss, die Sache alleine in die Hand zu nehmen. Er wollte seinen Chef nicht noch einmal behelligen. Der hatte seinen Urlaub redlich verdient und wohl auch nötig. Außerdem, zwei wildgewordene Rentner, es wäre doch gelacht, wenn er die Angelegenheit nicht selbst in den Griff bekäme.

Und so war die Sokodo in der Folgezeit immer wieder einmal verwaist, weil sich Freese auf Streife befand. *Wie früher*, dachte er. Nur weitaus entspannter, denn es gab lediglich zwei klar bestimmte Objekte, die er im Auge zu behalten hatte. Genauer, es gab sogar bald nur noch ein Objekt, denn Uwe Schmidtke war offenbar für ein paar Tage verreist. *Umso besser*, dachte Freese. Das entspannte die Situation natürlich enorm.

Sehr bald entwickelte er für die Observierung eine effektive Strategie. Mal saß er im Auto, mal setzte er sich auf eine nahe Bank, mal flanierte er auf der gegenüberliegenden Straßenseite. Immer blieb er in unmittelbarer Nähe von Bernd Lipskys Haus. Offen, sichtbar, der Mann sollte sich ja gerade überwacht fühlen. Damit er nicht auf dumme Gedanken käme.

Verließ Lipsky sein Domizil, so folgte ihm Freese. Auch das in aller Offenheit. Manchmal ergab sich sogar ein Gespräch.
„Unn? Aa mol widda doo, hä?"
„Genau."
„Schäänes Wedda heit, odda, odda?"
„Das kann man wohl sagen."

Freese blieb in diesen Situationen stets peinlich darauf bedacht, das Thema *Radweg* oder auch nur *Fahrrad* zu meiden, geschweige denn, den Namen des Widersachers zu erwähnen, um kein Öl ins Feuer zu gießen. Was insofern nicht ganz einfach war, als Lipsky stets sein Rad mit sich führte. Dazu kam, dass er sein Outfit grundlegend verändert hatte. Lipsky erschien nur noch im

Radlerdress. Hautenge, grasgrüne Klamotten, die man, so fand Freese, ab einem gewissen Alter vielleicht doch nicht mehr tragen sollte. Dazu ein knallgelber Helm, Handschuhe. Man hätte meinen können, Lipsky befand sich auf direktem Weg zur Tour de France.
Tatsächlich, so stellte Freese bald fest, hatte der Mann offenbar so etwas wie eine Trainingsstrecke, die er mehrmals am Tag absolvierte. Sie führte übers Feld in den nahen Wald. War Freese zunächst misstrauisch gewesen, ob Lipsky vielleicht doch irgendetwas im Schilde führte, ihn auf diesem Wege abhängen wollte, so war er bald beruhigt. Es handelte sich wohl um eine feste Route, die der Radler fuhr, nach grob dreißig Minuten tauchte er verlässlich wieder auf. Jedes Mal ein bisschen eher. Verschwitzt, außer Atem, aber bester Laune, wenn er seine Zeiten anhand einer Stoppuhr kontrollierte.

Sport tut den Menschen eben gut, dachte Freese. Auch er sollte unbedingt wieder einmal welchen treiben. Wenn Kommissar Günda wieder da war, würde er das angehen. Bald würde auch Wiebke wiederkommen, dann kehrte endlich wieder Normalität ein. Was für ihn vor allem eines bedeutete: wesentlich mehr Freiraum.
Die paar Tage bis dahin würde er in den sauren Apfel beißen und weiter observieren. Bald war es geschafft, das Schlimmste hatte er überstanden.

Ganz besonders freute er sich, dass Glickerbacher vermehrt auf ihn zukamen. Nicht nur während der Sprechstunde, sondern auch unterwegs, auf der Straße. Was ihn lediglich wunderte, alle sprachen dasselbe Thema an. Sogar die Formulierungen ähnelten sich auffallend: „Unn?“, so hieß es zumeist. „Hawwe Sie aa schun Ian Eisatz gemacht?“
Er pflegte dann freundlich zu antworten: „Meinen Einsatz? Selbstverständlich. Sogar mehrmals täglich!“

Manchmal nickten die Leute dann anerkennend, manchmal schoben sie noch ein „Alda Schlabbe, Reschbeckt, des heedisch Ihne net zugedraut!“ hinterher.
Bisweilen hakten sie nach: „Un fa wenn?“
Darauf pflegte er, in aller Bescheidenheit zu antworten: „Für wen? Nun, für die Allgemeinheit, für die Gesellschaft. Dafür bin ich ja schließlich da.“
„Ähä.“

Insgesamt hatte Freese den Eindruck, er hatte nicht nur alles im Griff, er war mittlerweile auch ganz schön akzeptiert in Glickerbach.

Hätte er sich bei diesen Glickerbacher Begegnungen etwas weniger geschmeichelt gefühlt, dann hätte er vielleicht bemerkt, dass seine Einlassungen hinsichtlich des Adressaten seines Einsatzes mit einigem Unverständnis quittiert wurden.
Wäre er in diesen Momenten etwas weniger von sich überzeugt gewesen, dann hätte er möglicherweise registriert, dass in so manchem Glickerbacher Blick der Glanz der Gier lag, wenn man auf den Einsatz zu sprechen kam.
Wäre all das zu ihm durchgedrungen, dann hätte er mit ziemlicher Sicherheit Nachforschungen angestellt, was wohl dahinter steckte.
Über kurz oder lang wäre er dann auf den Laden *Duwak & Kruuscht* gestoßten, den die Glickerbacher gerade häufiger denn je besuchten. In dem sie ziemlich lange verweilten. Und den sie allesamt ohne Mitbringsel verließen. Bis auf einen unscheinbaren Zettel.

Hätte Freese das alles ermittelt, es hätte ihn allenfalls Stunden gekostet herauszufinden, was sich im *Duwak & Kruuscht* seit neuestem etabliert hatte: ein illegales Wettbüro.

Jetzt, da Kommissar Günda Klarheit gewonnen hatte, sollte er weit besser mit diesem Emil klarkommen. Mal hören, womit er dieses Mal aufwarten würde. Er freute sich fast auf die Begegnung.
„Janz schön schlechdet Wetter jestan, wa?"

Guggemoldo! Kein Meister, auch kein Bademeister. Plötzlich handzahm. Offenkundig war seine Ausstrahlung bereits eine andere.
„Mia hots gfalle. Bissl lese, spaziere gehe", erwiderte Kommissar Günda kurz und knapp.
„Jenau."
Kein Widerspruch? Umso besser. Ein schöner Schluss für ein vermeidbares Gespräch. Kommissar Günda war zufrieden. Seine neugewonnene Souveränität bewährte sich.

Die Badehose hatte er bereits an, er musste sich lediglich seiner langen Beinkleider entledigen. Das wäre eine gute Gelegenheit für eine dumme Bemerkung wie *Sicher ist sicher, stimmts?* Oder *Man kann ja nie wissen, wer alles zuguckt.*
Nichts dergleichen. Emil schwieg. Und das auch ohne Zeitung. Er ließ den Blick schweifen, ohne Kommissar Günda besondere Aufmerksamkeit zuteil werden zu lassen.
So gfällt mia des.

Kommissar Günda zog sein Hemd aus, dann sein Unterhemd und legte sein Handtuch im Strandkorb bereit.
Keine Reaktion. Kein Wort über die deutlich geröteten Stellen an Bauch und Schulter. Keine Besserwisserei *Ich hab ja gleich gesagt…*
So muss das sein. Normal und angemessen zwischen bloßen Strandkorbnachbarn. Mit den übrigen ging es ja auch nicht über ein freundliches *Hallo* zur Begrüßung hinaus.
„Werd misch mol bissl eireiwe", hörte er sich sagen und ärgerte

sich sogleich. Was sollte diese Bemerkung? Ein verstecktes Einsehen? *Künftig beachte ich deine Mahnungen?*
Emil nickte: „Jut, jut, muss ick auch jleich machen."

Alles im grünen Bereich. Wie hatte er sich nur von diesem kleinen, dicken Mann provozieren lassen können? Nun war klar, wer der Stärkere von ihnen beiden war.
„Ins Wasser geh isch späda, jetz äschda mol bissl Strandkorb."
„Jenau. Sonne tanken, wa?"

Stille kehrte ein.

„Bei uns isses schun schää, awwa am Meer, do isses doch was annares."
Was war das denn? Machte er gerade Konversation? Ohne Not.
„Du kummsch jo vun Ballien, Emil, gell?"
Wurde er gerade übermütig?
„Hört man, wa?"
„Großstadt, des is nix fa misch. Isch bin mehr soä Landei."

Völlig unnötig. Konnte er es nicht einfach bei zwei, drei Höflichkeitsfloskeln belassen? Wieso musste er eine persönliche Bemerkung hinzufügen?
„Jeder, wie er will. Hat schon der alte Fritz jesaacht."
Prächtig! Etwas, worauf man sich problemlos ohne weiteres einigen konnte. Ein schöner Schluss.

Doch irgendetwas ritt Kommissar Günda, das Gespräch am Laufen zu halten.
„Unn? Wie gfällts doim Soohn bei uns in de Regioon?"
„Jut!"
Das überraschte Kommissar Günda in der Sache wenig, gab es doch dafür allen Grund in der schönen Kurpfalz. Er nickte zustimmend und ließ sich die Zufriedenheit über das

Kompliment nicht anmerken. Großmütig, wie es seiner gegenwärtigen Stimmung entsprach.
„Ick hab ja noch ehn. In Braunschweich. Und du? Keene, wa?"
Zack! Das hatte gesessen.
„Merkt man."
Kommissar Günda schwieg. Er würde ihm nicht die Genugtuung einer Nachfrage geben, woran man das denn bitte merke, dass er keine Kinder hatte.
Emil brauchte die auch gar nicht: „Schon, wie du mit der Kleenen umjehst. Und überhaupt."

Man sollte seine Gegner niemals unterschätzen. Gerade wenn sie am Boden schienen, waren sie am gefährlichsten. Teilten sie blindwütig aus.
Alla guud, kannsch hawwe.
„Isch find net, dass jeda Kinna hawwe muss."
Keine schlechte Replik.
„Habe ick also recht. Keene Kinder."
Isch sach mol nix. Slangt jetz mit demm Thääma.
„Ick, ick hab schon Enkel. Viere. Und die sind auch schon jroß. Kann jut sein, dassick bald Urjroßvater werde. Wir ham halt früh anjefangn im Osten."
Ja, die Geschichte kannte man.
Kommissar Günda rang sich ein müdes „Hm." ab.
„Hat Vorteile."
Kommissar Günda wollte nicht wissen, welche. Er erfuhr es dennoch.
„Heute jenieße ick mein Leben. Und ick weeß, meine Nachfahrn tun wat für meine Rente."
Is jo guut. Isch habs vastanne.
„Für deine übrijens ooch."
„Donge!"
„Da nich für."

Freese hatte entschieden, seine übliche Überwachungsrunde ausfallen zu lassen, die Situation schien sich erheblich beruhigt zu haben, aber dann gab er sich doch einen Ruck. Er würde Lipsky wenigstens bis zum Wald begleiten, sich dann aber auf den Weg in den Feierabend machen. Das Ende von dessen Trainingsfahrt würde er sich heute schenken.
Vor der Sokodo erwartete ihn eine Überraschung.
„A, endlisch! Odda? Isch hab schun gedenkt, Sie kumme heit gaa nimmie in die Gäng, hä? Folgendes…"
„Erst einmal einen schönen guten Tag! Nun, ich habe auch noch andere Dinge zu tun."
Bernd Lipsky ließ sich nicht bremsen.
„Hawwe Sie schun des Neuschde gheat? Hä?"
„Na?"
„Dea dabbische Ube, was dea wärre soll? Hä?"
„Keine Ahnung."
„Fahrradbeaufdragda vun de Stadt. Dea un Fahrrad? Do lachisch jo. Sie aa, odda?"
„Nun…"
„Saache Sie bloß, Sie finne des in Orddnung. Hä? Odda?"
„Ich…"
„Isch glaab sgeht los! Dea un des? Isch sach Ihne ähns, odda?"
Freese fürchtete, dieses Versprechen würde er nicht halten.
„Aber schauen Sie, es hat Vorteile…"
„Hä?"
„Wenn Herr Schmidtke so ein öffentliches Amt bekleidet, dann handelt er im Dienste aller Bürger. Das heißt, auch Sie können ihm Ihre Anliegen vorbringen."
„Isch kann Ihne saache, was ich demm bring. Odda?"
„Was ich meine ist, letztlich ziehen wir in einer Gemeinschaft doch alle an einem Strang."
Lipsky stutzte.
„A, so! Strang. Gell? Des sehe Sie aa so, odda? Des is ä Vaschwöörung. Hä? Geje alles. Un voa allem geje misch."

„Verschwörung? Von wem?"
„Ssiiaiej[84]? Effbiiai[85]? Was weeßnisch? Hä?"
„Und wozu sollte diese Verschwörung dienen?"
„Dass dea Lumbe-Sseggl misch tironnissiere kann. Odda? Wahrscheinz nämme die mia mei Fahrräddl ab. Diebstahl. Raub. Un isch muss aa noch in de Knascht. Freiheitsberaubung. Nötischung. Awwa des deed demm so basse. Hä? Odda? Awwa mit mia net. Net mit mia. Demm gewwisch. Odda, odda, hä? Wenn isch mol druff bin, binnisch druff. Isch hab schun annare platt gemacht. Gonz annare. Hä?"
„Ich kann Ihnen anbieten, dass ich mit Herrn Schmidtke spreche und ihm Ihre Sorgen mitteile."
„Hä? Is dea schun widda doo, dea Sseftl? Isch geh glei mol hie! Odda? Odda?"
„Das werden Sie schön bleiben lassen. Das mache ich alleine. Sie gehen jetzt nach Hause, unter die Dusche, und ich begleite Sie."
„Hä?"
„Ach so, nein. Nicht bis unter die Dusche. So weit geht unser polizeilicher Auftrag denn doch nicht."
Freese versuchte sich an einem Grinsen.
„Ich muss Sie bitten, das, was ich jetzt sage, sehr ernst zu nehmen: Hier macht keiner einem anderen die Hacke herunter. Haben wir uns verstanden?"

---

84 CIA
85 FBI

Kommissar Günda haderte mit sich. Er bildete sich wirklich etwas darauf ein, dass er mit allen klarkam. Mit den unterschiedlichsten Typen.
Sei es ein Witzbold wie der Weizen, der sich gerne öffentlich über ihn lustig machte.
Des juckt misch net.
Sei es ein arroganter Schnösel wie mancher vorgesetzte Kollege, der ihn immer wieder spüren ließ, wie wenig er von ihm, dem *Dialektspreschla*, hielt.
Des geht mia on de Fondanell voabei.

Aber alle paar Jahrzehnte gab es so einen Emil, der ihn an die Grenzen brachte. Dem er sich aber auch nicht entziehen konnte. Wie anders hätte ihm das passieren können? Sehenden Auges war er in die Falle getappt. Er hatte ihn ja geradezu eingeladen, ihn in die Pfanne zu hauen. Wieso hatte er nicht einfach seinen Mund halten können? Ein paar Minuten Schweigen mehr, und die Fronten wären ein für alle Mal geklärt gewesen. Guten Tag, guten Weg.
Feiaoowett.

Aber nein. Er hatte es einfach nicht ausgehalten, nichts zu sagen. Dabei hatte ihn Emil doch gar nichts gefragt. Gleichwohl hatte er sich irgendwie verpflichtet gefühlt zu reden. Zu erzählen. Sich zu offenbaren. Selbst durch sein Schweigen hatte Emil ihn unter Druck gesetzt. Was, bitte, ging diesen Mann sein Privatleben an?
Nix.
Wieso erzählte er dann so viel von sich?
Weil isch bleed bin. Selwa die Schuld!

Sein Handy klingelte.
„Äh, hallo?"
„Ja, hallo, hier spricht der Friedhof!"
„Bidde? Wea sprischt?"

„Friedhof. Hier spricht der Friedhof."
„Ja? Un? Bidde!"
„Reingelegt! Ich bins, Tschief, Ihr Lieblingsassistent Freese, Friedhof Freese."
Stille.
„Sie erinnern sich, wie Sie das immer sagen am Telefon… In der Sokodo… Wenn Sie sich wieder mal für mich ausgeben…"
„Aa, du bischs, Freese. Witzisch. Aiig. Hea mol, gibts irgendwas Wischdisches? Isch hab grad kähn Kopp fa nix."
„Nein, nein, Tschief, ich wollte nur mal hören, wie es Ihnen geht. Und dann gibt es eine richtig lustige Geschichte, die Sie bestimmt aufheitern wird."
„Sei ma net bees, Freese, mia is allweil net so zum Lache. Isch meld misch. Machs gut. Alla! Tschüssl."

Mit seinem Krisenmanagement war Freese an diesem Abend durchaus zufrieden. Diesen Lipsky schien er mit seiner eindringlichen Mahnung ganz schön nachdenklich gemacht zu haben, den Weg zu dessen Haus hatten sie schweigend verbracht.
An der Tür hatte der sich zwar noch einmal kurz vergewissert:
„Hack runna, hä?"
„Genau! Niemals. Das gilt für heute und für alle Tage. Klar?"
„Alla guud. Wenn Sie des mähne. Odda? Odda?"
„Ja, das meine ich. Und Herrn Schmidtke werde ich jetzt das Gleiche sagen."

Und auch hier war sein Plan aufgegangen. Schmidtke war tatsächlich wieder in Glickerbach, Freese hatte ihn angetroffen, als er gerade ein Fahrrad vom Dachgepäckträger seines Kombis holte.
„Soll ich Ihnen helfen?"
„Nää. Net needisch, des wiegt jo fascht nix. Kabboon. Uldraleischt. Des lupfisch mit links."
Tatsächlich hatte er weniger Mühe mit dem Gewicht als mit seinem Rücken.
„Isch muss bissl uffbasse, isch habs als im Kreiz."
„Das ist ja ein schönes Fahrrad. Sieht ja richtig futuristisch aus."
„Gell? Schätz!"
„Hm?"
„Auf! Schätze Sie mol, was des koscht, des Ding!"
„Wie viel? Nun, unter tausend ist da wohl nichts zu machen."
„Dausend? Ha! Fa dausend, do krieje Sie noch net mol die Schaldung. Alles elegdroonisch. Dodezu Scheiwebremse. Hänge Sie mol än Nulla droo."
„Zehntausend? Für ein Fahrrad?"
„Un des aa bloß, weil isch gut bekonnt bin mit demm, wu des vakeeft."
„A propos, Herr Schmidtke, ich komme gerade von Herrn Lipsky…"

„Dea? Des issn Gängschda. Hawwisch Ihne des schun mol gsacht?“
„Jedenfalls wollte ich Ihnen nur sagen, Sie haben ja jetzt eine amtliche Funktion für die Stadt inne…“
„Des hawwe Sie schää gsacht. Stimmt. Des weeß dea Sseftl hoffentlisch aa.“
„Und da versteht es sich ja von selbst, dass man jeden respektiert.“
„Hajo. Des is doch klaa. Sebvaständlisch.“
„Auch Herrn Lipsky.“
„Denn Hannebambl? Denn Gängschda?“
„Wie dem auch sei, Herr Lispky ist ein Fahrradfahrer wie du und ich…“
„Dea? Dea kann doch nix uffm Fahrrad. Dea hot noch nie was gekennt. Isch sach Ihne mol was…“
„Nein, Herr Schmidtke, jetzt sage ich Ihnen mal etwas. Im Vertrauen. Herr Lipsky möchte nichts weiter, als seine Meinung vertreten können.“
„Meinung? So heeßt ma des bei Ihne? Dea Glumbatsch, denn dea vazapft?“
„Lassen Sie mich bitte ausreden. Er hat das, was er neulich im Eifer des Gefechts gesagt hat, nicht so gemeint. Er hat mir in die Hand versprochen, hier wird keinem die Hacke heruntergemacht.“
„Hä?“
„Und das Gleiche erwarte ich von Ihnen. Kann ich mich darauf verlassen?“
„Hmpf.“
„Ich nehme das als ein Ja. Hand drauf. Dann weiter gute Fahrt mit Ihrem neuen Rad. Gehts heute gleich los?“
„Ä-ä. Am Dunnaschdaag[86]. Heit net. Heit ruh isch misch bissl

[86] Donnerstag

aus vun de Reis. Bin bissl mied, bessa gsacht brezzlmeab[87]. Schkumm grad vun Frankfortt weje demm Rad."

Das war die Hauptsache, dachte Freese. Wieder einen Tag gewonnen. Wieder ein wenig mehr Zeit, dass sich die Gemüter beruhigen konnten.

Weniger beruhigt war er, was seinen Chef anbelangte. Sollte dieser Weizen vielleicht doch richtig liegen? Kommissar Günda hatte am Telefon nicht gerade erholt und unbeschwert geklungen. Was konnte das bedeuten? An der Ostsee gab es nicht nur Hotels, sondern eben auch Fachkliniken. Hatte der Kommissar vor dem Telephonat mit Freese gerade seine erste Gruppentherapie erlebt? Oder ein Gespräch mit dem Klinikpsychologen? Wieso hatte er auf den Mörderwitz mit dem Friedhof so merkwürdig reagiert? Sie hatten doch andauernd mit Leichen zu tun, das war ihr Tagesgeschäft. War jemand aus seiner Verwandtschaft ernsthaft krank? Befasste er sich am Ende mit seinem eigenen Ableben?

Andererseits, vielleicht hatte er tatsächlich zu einem ungünstigen Zeitpunkt angerufen. Während einer Fango-Packung zum Beispiel. Im Schwefelbad. Oder während ein Drei-Zentner-Masseur gerade seine Klauen in des Kommissars verspanntes Muskelwerk hieb. Oder noch schlimmer, während eine charmante Fußpflegerin sich seiner geschundenen Zehen annahm. Ja, es gab genügend harmlose Erklärungen. Nicht zuletzt konnte es sehr gut sein, dass ihn Freese just erwischt hatte, als der Herr Kommissar seine gefürchteten Fünfminuten hatte. Er selbst nannte diese Stimmung nachdenklich. Manch anderer launisch.

---

[87] schwindelig

Es war an der Zeit.

Bei den Emilen in seiner Vergangenheit hatte sich irgendwann die Sache erledigt, war alles peu à peu in Vergessenheit geraten. Die Wege waren auseinander gegangen. Man hatte sich vielleicht noch einmal gesehen bei einem Straßenfest, wenn all die Alten sich wieder einfanden, um sich gegenseitig zu versichern, früher sei alles viel besser gewesen.

Bei der Gelegenheit hatte es vielleicht noch einmal vorkommen können, dass die früheren Strukturen wieder aufblitzten, die Rollen für fünf Minuten die überkommenen waren. Doch das Leben war viel zu spannend, viel zu ereignisreich, als dass das von Belang bleiben konnte. Die Zeit erledigte auch das verlässlich.

Was stets gefehlt hatte, das war ein Showdown. Eine Klärung, eine Entscheidung ein für alle Mal. Hier in Papenwerder bot sich eine wunderbare Gelegenheit dazu. Das erste Mal in seinem Leben. Wie oft würde das wohl noch vorkommen?

Verschiedene Duell-Szenarien hatte sich Kommissar Günda ausgemalt. Und verworfen.
Schach? *Kannischnet gut genung.*
Drachen steigen lassen? *U-sischa, wea gewinnt.*
Sportt? *Muss net sei.*
Bart wachse losse? *Dauat zlong.*

Am Ende blieb wohl doch nur eines. Der gute alte Männerwettstreit: *Dringe. Saufe. Gejenanna. Bis ähna unnam Disch liggt.*

Nicht gerade Kommissar Gündas Domäne, aber er brauchte, er wollte eine Entscheidung. Und zwar hier und jetzt.

Festen Schrittes betrat er an diesem Morgen den Strand. Der Nachbarkorb war noch nicht besetzt. Schon mal gut, konnte er sich einstimmen.
Die Wahl der Waffen hatte er bereits getroffen. Und er hatte sich die Entscheidung nicht leicht gemacht, das wollte gut erwogen sein:
Wodka?
Uff kähn Fall. Bloß nix Harddes. Do binnisch schwach. Un die hawwe des dräniat im Oschde.
Bier?
Des war dea wahrscheinz aa gegwöhnt, dea Sseggl, so wie dea aussieht mit soim Ronze.
Wein!
Gönau! Des isses. Rotwein. Än Idaliäna am beschde! Des hawwe die jo fria gaa net ghabt. Schää schwea. Barollo.

Michaela Helche hatte ihm den Tipp gegeben, am nördlichen Ortsende gab es in Papenwerder einen neuen Weinladen. Er hatte ihr Stirnrunzeln bemerkt und etwas *vunnare klähne Paadie am Strond* erzählt. In seinen Rucksack hatte die Kiste nicht gepasst, er trug sie unter dem Arm. Verschämt hatte er sie in sein Handtuch gewickelt. *Sechs Flasche, des sollt lange!*

Sein Gegenspieler war spät dran. *Mescht nix.* Das kam ihm zugute, je später sie begönnen, desto besser.
Er verschaffte sich auf jeden Fall schon einmal eine gute Grundlage, verschlang zwei Thüringer. Nahm sich eine dritte mit zum Korb. Immer noch war niemand zu sehen.

Nebenan war eine neue Familie eingezogen. Vater, Mutter und zwei kleine Jungs.
„Jetzt zeig ich euch mal, wie man eine Burg baut, aber eine richtige!“, prahlte der Mann. „Erst mal graben, bis Wasser kommt.“

Beide Sprösslinge trugen T-Shirts der Toten Hosen-Tour *Bis zum bitteren Ende.* Auch ihr Papa hatte sich laut seinem T-Shirt viel für den Urlaub vorgenommen: *First Rule: No Rules!*

Kommissar Günda wartete erst eine Zeitlang ab. Als er sich sicher war, dass es dem Bauherrn ernst war mit seinem Vorhaben, merkte er vorsichtig an, Strandburgen seien hier nicht erlaubt.
Der Hinweis kam gar nicht gut an.
„Was? Was soll ich hier nicht dürfen? Ich zahle Kurtaxe. Ich lasse mir doch nicht verbieten zu buddeln. Wo sind wir denn hier? Was geht Sie das überhaupt an? Kümmern Sie sich um Ihre eigenen Angelegenheiten!"
Leischde Iiwung, dachte Kommissar Günda.
Die Mutter zog sich in den Strandkorb zurück, er meinte, einen Seufzer gehört zu haben.

Immer wieder hielt Kommissar Günda Ausschau. Kein Emil. Derweil wuchs der Sandhaufen nebenan. Kommissar Günda hörte, wie der Vater seine beiden Söhne überschwänglich für das Bauwerk lobte. Und sich damit meinte.

Ein Pärchen tauchte unversehens auf, höchstens Mitte zwanzig. Sie steuerten zielstrebig auf Emils Strandkorb zu. Sie trug eine Flasche Prosecco mit zwei Plastikgläsern, er machte sich am Vorhängeschloss zu schaffen.
„Tschuldischung. Schun bsetzt", rief Kommissar Günda und bemühte sich dabei um einen konzilianten Ton.
„Bitte?"
„Dea is besetzt, dea Korb."
„So?" wunderten sich beide unisono, und die junge Frau ergänzte: „Wir haben den gerade bis Sonntag gemietet."

Es war frisch geworden. Nun, gegen Abend spürte man, auch dieser Sommer würde nicht ewig währen. Der Strand füllte sich langsam wieder, das Publikum wurde deutlich älter. Einige der Umsitzenden hatten sich in Decken gehüllt, Kommissar Günda benötigte derlei Aufwärmung nicht, er hatte sich schon den ganzen Tag über an den Rotwein gehalten. In Maßen. Ohne die nahrungsmäßige Grundlage zu vernachlässigen.

Die Sonne spiegelte sich bereits in der ruhigen See. Ein Glitzern und Gleißen überzog das Wasser. Er blickte sich um. Aller Augen, nein, aller Kameras waren auf dieses Naturschauspiel gerichtet.

Warum fotografierten die Menschen so gerne Sonnenuntergänge? War es allein die Schönheit, die Farbenpracht des Motivs?

Vorher machten sie Unsinniges und einander das Leben schwer, hinterher machten sie unverdrossen weiter, aber in diesem Moment hielten sie inne, waren sie einander verbunden. Es schwiegen die Waffen, es ruhten die Konflikte, es richteten sich die Gedanken nicht mehr in erster Linie gegeneinander.

Halt die Welt an hatte Vicky Leandros Ende der Sechziger gesungen. Wünschten sich das nicht alle immer mal wieder? Und ganz besonders in diesem Augenblick, da die Sonne im Meer versank. Spürten sie nicht alle dieses friedvolle Bild? Hielten sie es aus diesem Grunde fest mit ihren Kameras?

Oder war es doch die Furcht davor, dass das Leben weiterging? Das Unbehagen vor dem Startschuss zur nächsten Mühsal? Die Sehnsucht nach Wochenende, Urlaub, Rente? Nach dem Endgültigen?
Nach dem Ende?

Wenn Eltern ihre Kinder fotografierten, dann im Wissen, die würden sich schon binnen Minuten verändern. Wenn sie den Sonnenuntergang fotografierten, dann wussten sie, dieselbe Sonne würde nach diesem Intermezzo am nächsten Tag wieder erscheinen.

Dagegen wurde der Sonnenaufgang, der Tagesanbruch, der Neubeginn höchst selten fotografiert. Dabei war der doch das untrügliche Signal zum Aufbruch. Oder doch eher zum Angriff? War das allein der Uhrzeit geschuldet?

Nein. Das Empfinden war beim Sonnenuntergang ein völlig anderes. Die Endlichkeit stellte sich zur Schau. In aller Farbenpracht, in aller Anmut. Alles gewann im Licht der untergehenden Sonne. Betrachtete man nicht auch immer alles weit wohlwollender, wenn der Abschied nahte? Das letzte Mal, war es nicht zugleich das Schönste, das Intensivste, das Genussvollste?

Kurz darauf wurde doch die Welt wieder gewohnt fahl, bleich, gewöhnlich. Sobald die Sonne verschwunden war, wurden die Kameras eingepackt, die Kragen hochgestellt, und alles ging weiter. Jeder für sich. In der Gewissheit, der Feind lauerte allerorten.

Im Augenblick des Sonnenuntergangs jedoch spürten die Menschen, sie hatten viel mehr gemeinsam, als sie wahrhaben wollten. Die Endlichkeit, sie verband doch letztlich alles und jeden.
„Das ist ja eine Überraschung! Einen schönen guten Abend!"
„Hä?"
„Haben Sie für mich vielleicht noch ein Plätzchen frei?"
A nää, de anna!, dachte Kommissar Günda. *Isch heb disch schiagaa nimmie gekennt mit oohne Hähndie un mit de Bierflasch.*

„Äh… vun mia aus."
Er schaute sich um.
„Suchen Sie meine Tochter? Agnetha ist im Mutter-Vater-Kind-Heim. Sie singen heute alle."
„Fascht alle", merkte Kommissar Günda süffisant an.
„Na ja, ich gebe zu, Singen, das ist nicht so mein Thema."
Kinna aa net, dachte Kommissar Günda und wandte sich dem Meer zu. Sein Nachbar fing den Blick auf.
„Stimmt! Schön, die Sonne geht gleich unter."
Mach Sache.
„Da schieße ich doch gleich mal ein Foto und schicke es meiner Ex."
„Nett vun Ihne."
Der Mann legte den Kopf schief, und Kommissar Günda roch, dass dies nicht die erste Bierflasche war, die sein Nachbar an diesem Abend geleert hatte: „Da wird sie bestimmt ganz neidisch. Und das ist gut so! Prost! Auf uns, auf die Männer!"
Kommissar Günda vernahm ein Klirren in der Jackentasche seines Nebensitzers. Das klang nach Nachschub. Er tippte auf mindestens zwei Flaschen.
„Wissen Sie, ich hätte ja gedacht, die Leute sind hier viel entspannter."
„Hm."
„Gerade in so einem Erholungsheim."
„Hm."
„Weit gefehlt."
„Ähä."
„Die Frauen? Voll unter Stress. Männer sind ja sowieso kaum welche da. Ich bin der einzige bei mir auf der Etage. Dagegen habe ich ja im Prinzip überhaupt nichts. Im Gegenteil. Aber da läuft nichts. Das können Sie vergessen. Wollen wir nicht du sagen?"
Kommissar Günda brauchte nicht zu antworten.
„Urs! Prost!"

Und dann holte Urs aus. Erzählte. Von der Trennung, von der Scheidung, von den andauernden, quälenden Auseinandersetzungen mit seiner Ex-Frau. Von der verhängnisvollen Idee, mit seiner Tochter alleine in Urlaub zu fahren.
„Eine Schnapsidee, kann ich dir sagen. Nur Stress, Papa hier, Papa da. Genauso in der Klinik, tausend Angebote, alle freiwillig, aber wenn du nicht mitmachst, gucken sie dich schief an. Na, herzlichen Dank. Und alles nur, weil ich so blöd war, mich darauf einzulassen. Wessen Vorschlag war das?"
Er sah Kommissar Günda fragend an, der hielt dem Blick stand.
„Genau, von meiner Ex. Ich würde mich zu wenig um unser Kind kümmern, sie möchte auch mal ihren Freiraum, nicht nur die paar Tage, an denen Agnetha bei mir ist. Auch mal länger am Stück. Ich soll doch mal mit dem Kind in Urlaub fahren. Dann würde ich sehen, was das bedeutet, Verantwortung. Zum allerersten Mal!
So ein Quatsch. Ich zahle mein Leben lang, und das nicht zu knapp. So viel zum Thema Verantwortung!
Urlaub mit Kind, das würde ich mich ja sowieso nicht trauen. Ich? Nicht trauen? Hab ich gesagt: Das kannst du haben, Schatz! Drei Wochen, zack! Damit hat sie nicht gerechnet.
Wenn ich allerdings gewusst hätte, wie das hier läuft in diesen Heimen, hätte ich gleich einen Club-Urlaub gebucht, all-inclusive, mit Kinderanimation rund um die Uhr. Aber unter uns…"
Er lehnte seinen Kopf an die nächste Schulter, es war die von Kommissar Günda.
„Ich dachte, Mutter-und-Kind-Heim, da sind bestimmt auch ein paar Granaten dabei, wenn du verstehst, was ich meine. Notstandsrevier…"
„Hm."
Kommissar Günda spürte, dass er für den Fortgang der Konversation noch eine Frage schuldig war: „Unn?"
„Ja, nix und. Das ist es ja. Selbst wenn da mal eine ist, wo du

denkst, okay, könnte man mal, du kannst ja kein offenes Wort mit der reden. Entweder du sitzt in irgendwelchen Kreisen, machst dämliche Gruppensachen, redest über Erziehung, über Schule, über Ernährung, über Kinder, oder die sind auch noch selbst da."
„Wea?"
„Na, die Kinder. Meinst du, da kümmert sich einer? Meinst du, da ist einer, der sagt, so, jetzt nehme ich dir mal den Balg ab, damit du deine Ruhe hast? Damit du dich erholen kannst? Weit gefehlt. Nach dem Aufenthalt hier bin ich urlaubsreif. Da brauche ich kinderfrei! Prost!
Es tut gut, mal mit einem Mann darüber zu reden. Mit einem normalen. Auf die Therapeuten dort kann ich ja schon gar nicht. Von den Therapeutinnen mal ganz zu schweigen. Bei denen Feindbild Nummer eins: Männer. Du kennst das."

Kommissar Günda sah nur eine Möglichkeit: trinken. Um den Redefluss zu stoppen und um dem Ganzen ein baldiges Ende zu machen, wenn der Getränkevorrat erschöpft war. Er konnte nur hoffen, dass Urs nicht die übrigen Weinflaschen neben dem Strandkorb gesehen hatte.

Unerbittlich weihte er Kommissar Günda immer tiefer in den Urs-Kosmos ein. Er erfuhr viel zu viel über dessen Ehe, über die Beziehungen davor, über die danach und bald auch über das ungemein stressige Arbeitsleben.
„Ein Wahnsinnsdruck, kann ich dir sagen. Ich meine, du hasts gut."
„Hä?"
„Als Bademeister. Sonne, frische Luft, praktisch immer Urlaub. Frauen im Bikini!"
„Stimmt."
„Prost, Günda!"
„A propoo, müsse Sie net, äh, musch du net widda zurick?"

„Wie spät haben wirs denn?“
Urs schaute auf die Uhr.
„Ach, du Schande. Stimmt. Die schließen gleich zu. Die lassen keinen mehr rein, da kennen die nix. Günda, war schön mit dir.“
„Hm.“
„Wenn ich mal was für dich tun kann…“
„Hm.“
„Ich geb dir mal meine Karte. Bin ne ziemlich große Nummer im Finanzdienstleistungssektor.“
„Ähä.“
„Man sieht sich.“
„Hoffentlisch… vun hinne.“

Kommissar Günda atmete auf. Wieso ausgerechnet er? Hatte er irgendein Signal gesandt? *Bin so einsam, komm, leiste mir Gesellschaft! Babbl misch zu! Bidde!*
Jetzt brauchte er erst einmal Musik. Er packte seinen Walkman aus: Beatles, *Revolver*. Zufall? Dann einen ordentlichen Schluck. Das erste Glas leerte er schnell, das zweite schneller.

Der Kegel einer Taschenlampe tastete sich über den leeren Strand und landete schließlich in seinem Korb.
„Guten Abend, alles in Ordnung?“
„Äh…“
Er spürte den Alkohol. Der Tag war lang, aber die dritte Flasche hätte er nicht öffnen sollen. Vor ihm stand ein gemütlich aussehender, kräftiger Mann, etwas jünger als er.
„Ich komme vom Ordnungsamt in Papenwerder. Wir haben in letzter Zeit ein bisschen Ärger mit Wildcampern. Dürfte ich bitte Ihre Kurkarte sehen?“
Kommissar Günda nestelte sie aus seiner Hosentasche.
„Ah, in der Villa Romantica wohnen Sie, reizende Frau, die Chefin.“

„Stimmt."
„Wenn ich Ihnen einen Tipp geben darf, bringen Sie sich das nächste Mal eine Decke mit, es wird schon ganz schön kühl nachts. Aber bestimmt wollen Sie sowieso bald heim ins Bett. Eine angenehme Nacht!"
„Gdnacht!"

Das wäre der rechte Moment gewesen aufzubrechen. Aber den verpasste Kommissar Günda, warum auch immer. Es fiel ihm schwer, einen klaren Gedanken zu fassen, er war *gonz schää beduudlt. Muss aa mol sei.*

„Herr Günda?"
Die Stimme kam ihm bekannt vor, aber er vermochte nicht, sie zuzuordnen. Er wollte sich aufrichten, aber seine Arme steckten unter irgendeinem Stoff. Wo war er?
„Ich bins, Michaela Helche von der Villa Romantica."
Langsam fand er sich wieder zurecht. Er musste im Strandkorb eingeschlafen sein. Jemand hatte eine Decke um ihn gelegt.
„Wie spät?"
„Gleich halb drei. Kommen Sie, wir bringen Sie ins Hotel."

Der Mann vom Ordnungsamt hakte ihn rechts unter, Michaela Helche links, und so stapften die drei Gestalten im Schein des beinahe vollen Mondes und der kräftigen Taschenlampe los, nachdem sich der Strandwächter noch darum gekümmert hatte, die Weinflaschen unter dem Korb zu verstauen.

Als sie am Wäldchen angelangt waren, lachte Kommissar Günda schallend: „Wenn misch jetz ähna sehe deed vun dehähm, die deede än Lachoofall krieje. Isch hab doch än Knall, isch alda Dabbes! Isch drink nie! Net uffm Betriebsausflug, net uff de Weihnachtsfeia. Nie drinkisch! Niemols! Jednfalls net so viel."

Und doch, es war noch nicht genug. Und das war gut so. In der Küche ließ er sich mit Michaela Helche nieder.
„Grad fa än klähne Absagga."

Es dauerte nicht lange, und sie kamen ins Gespräch, von dem Kommissar Günda im Grunde nur eines in Erinnerung behalten sollte: Mission erfüllt.

Die Details ihrer Unterredung erfuhr er beim nächsten Frühstück. Ein außerordentlich spätes Frühstück.
Es stellte sich heraus, dass Michaela Helche nicht annähernd so ahnungslos gewesen war, wie er und ihre Tochter glaubten.
„Entschuldigung! Da kommt ein Mann aus der Kurpfalz, alleinreisend. Ausgerechnet nach Papenwerder. Ausgerechnet in die Villa Romantica."
„Ähä. Is des so koomisch?"
„Du hast vielleicht schon bemerkt, Günda, allzu viele Männer wohnen hier nicht."
Auch das war damit geklärt, sie waren beim du angelangt.
„Awwa wie bisch du donn druff kumme, dass isch dei Dochda kenn?"
„Eins und eins. Ich kenne meine Tochter."
„Awwa die, die kennt disch net so aiig?"
„Sagen wir es mal so, Mutter und Tochter…"
„Des is soä Sach, vasteh schun."
„Dann habe ich deinen Namen natürlich gleich mal gegoogelt."
„Unn?"
„Nun, ich bin sofort fündig geworden."
„Hä? Isch? Isch bin beim Guggl drin?"
„Du bist eine Person des öffentlichen Lebens, die Presse schreibt über dich, wenn du einen Fall gelöst hast."
„Äha. Indressant."
„Dann war mir klar, da kann nur meine Marion dahinterstecken.

Bei uns herrscht jetzt schon eine Weile Funkstille. Die letzten Auseinandersetzungen, die waren auch nicht ohne. Du hast vielleicht davon gehört."
„Bissl."
„Na ja, und danach waren wir beide ziemlich stur. Liegt in der Familie. Jeder hat sich gesagt, ich melde mich nicht! Die zuerst!"
„Unn? Wie siehts aus jetzat? Habda widda Kondakt?"
„Ich hab sie gleich heute morgen angerufen. Während du noch deinen Rausch ausgeschlafen hast. Schönen Gruß!"
„Donge. Unn?"
„Was und?"
„Nix weidas?"
Kommissar Günda war neugierig, wie Michaela Helche auf die frohe Botschaft reagiert hatte.
„Sie wird mich nächsten Monat besuchen."
„Des is alles?"
Sollte die Holterdipolter-Hochzeit doch nicht mehr ganz so dringend sein? Sollte das für Marion Helche vielleicht doch nur ein willkommener Aufhänger gewesen sein, um wieder mit *de Muddi* in Kontakt zu treten? Ein Verdacht, den Kommissar Günda von Anfang an gehegt hatte, ihn hatte die Geschichte von der unverhofften großen Liebe nie überzeugt. In keiner Hinsicht.
„Wieso? Genügt dir das nicht? Das ist doch eine ganze Menge. Kannst ja so lange hier bleiben, bis sie kommt."
„Oh liewi Zeit, des geht leida net."
„Oder du fährst wie vorgesehen in drei Tagen heim, klärst mal kurz ein paar Fälle und kommst mit ihr zusammen wieder hoch nach Papenwerder."
„Mischaela?"
„Ja, Günda?"
„Guggemamol."

„Eigentlich darf ich Sie so nicht reinlassen. Also gut, ausnahmsweise. Weil Sie es sind."

Am letzten Abend auf dem Rockdampfer sollte es ein sensationelles Überraschungsprogramm geben, wie überall auf Plakaten und Handzetteln verlautbart wurde. Der Türsteher vor dem größten Saal auf dem Schiff, dem *Paradiso*, wirkte auf Wiebke Freese etwas deplatziert in seinen Lederhosen. Im karierten Hemd. In Haferlschuhen.

Drinnen dagegen wirkte sie wie ein Fremdkörper, war sie doch die einzige Frau ohne Dirndl. Was zur Hölle ging hier vor? Ihr Blick fiel auf ein überdimensionales Transparent: *Oktoberfest im Paradiso!*
Im Hochsommer? Auf See? Auf einem Rockdampfer? Wen sollte das ansprechen?
Nun, offenbar alle mit Ausnahme von ihr. Der riesige Saal war zum Bersten voll. Lauter Wahlbayern balzten bajuwarisch aufgebrezelt umeinander. Vermutlich hatte die Reederei frühzeitig das Motto dieser Abgrundparty bekanntgegeben, sodass die Gäste Vorkehrungen treffen konnten. Oder sollte es am Ende an Bord einen Trachtenladen geben?

Eine Möglichkeit gab es noch. Sie sah sich um, blickte in die gleißenden Gesichter. Nein, keine Spur von Selbstironie. Sie meinten es ernst, die bierseligen Gäste auf den Bierbänken vor ihren Bier-Eimern.
Für einen Moment war sie beruhigt, als sie auf der Bühne unter dem Transparent Verstärker, Schlagzeug, Bass- und E-Gitarre sah. Sie hoffte auf die Coverband der Dire Straits. Mit denen ließ sich vielleicht die Umgebung ganz gut ausblenden. Dann jedoch erklommen zu ihrem Schrecken dralle Männer in Tracht die Bühne und warteten gleich darauf mit Gesängen über fesche Madln, stramme Wadln auf und priesen sich als gottgewollt:

„Mia san die Power-Bier-Buam vom Tegernsee!"
„Aloahee", entfuhr es Wiebke Freese mehr aus Verzweiflung.

Die Power-durch-Bier-Buben kamen besser an als jede Band zuvor auf diesem Schiff, das Grauen in Lederhosen bemächtigte sich im Handumdrehen des ganzen Saales.
Wiebke Freese flüchtete sich an das hintere Ende des riesigen Saales, wo eine Theke über die ganze Breite stand. Vielleicht würde ja ein Sturztrunk helfen. Dort sollte es zumindest auch ein wenig leiser sein, schließlich mussten ja die Bestellungen aufgenommen werden.
Doch schnell war klar, bleiben würde sie auch hier nicht können. Sie war erschüttert, in welchem Ausmaß das Bier in die Armada der Eimer floss. Vom Kräuterschnaps, den früher nur der Großvater nach der Kohlroulade trank, ganz zu schweigen.

Ein Mann mit geöltem, schwarz gefärbtem Haar kam auf sie zu. Sie war dankbar. Endlich jemand Normales. Ein weißes, kein kariertes Hemd. Gut, ein paar Knöpfe zu viel waren offen, egal. In dieser Umgebung war er ein echter Lichtblick, er trug Jeans, und seine Waden waren komplett verhüllt. Sie atmete auf.
„Entschuldigen Sie, dass ich Sie einfach so anspreche."
Macht nichts. Red weiter! Red lauter! Lass mich nur alles um mich herum vergessen!
„Ich habe den Eindruck, Sie sind ein wenig überrascht, wenn Sie sich hier umsehen."
Ein charmantes Lächeln hat er. Das muss man ihm lassen.
„Das kann man wohl sagen."
„Unvorbereitet?"
„Total."
„Ich würde Ihnen gerne etwas vorschlagen."
Oberdeck? Fischrestaurant? Rettungsboot? Mir ist alles recht, dachte Wiebke Freese.
„Einverstanden."

„Schön. Das freut mich. Ich bin hier der Saalmanager, und für Damen wie Sie…“
„Ja?“
„Für solche ganz besonderen Frauen…“
Wiebke Freese blickte erwartungsfroh.
„… habe ich immer ein Dirndl in Reserve.“

Es hatte ordentlich gekracht. Fränkie hatte überhaupt nicht verstanden, wieso sie so aufgebracht gewesen war. Er habe es doch nur gut gemeint, sei auf ihren Wunsch eingegangen und habe den Weddingplaner aufgetan. Sie sei es doch gewesen, die darauf bestanden habe, die Feier outzusourcen.
„Aut was?“

Dieser Hochzeitsplaner sei der Beste. Und sei das Beste nicht gut genug für sie beide? Der Mann sei sogar schon einmal im Fernsehen gewesen.
„Dann kanns jo nix sei.“
„Das war ein Scherz.“
Doch den hatte sie nicht gelten lassen.
„Du bisch aa soän Schärzzkeks. Limussine, Hoschdesse, weesch, was des fa misch sin? Färzz mit Krigge!“
„Marion. Bitte! Du bist kindisch.“

Damit hatte Fränkie einen Knopf gedrückt, den er besser nicht gedrückt hätte. Kindisch, das war allzu oft der Vorwurf ihrer Mutter gewesen, wenn die in Diskussionen wieder einmal nicht mehr weitergewusst hatte.
Sei bitte nicht kindisch, Mariönchen!

So hatte ein Wort das andere ergeben. Und dann war es ihr herausgerutscht: „Hea mol, Fränkie, die Hochzisch, weesch, was du mit derre mache kannsch?“
„Na?“
„Die kannsch de Hase gewwe.“

Sie war selbst überrascht gewesen, wie leicht ihr diese Aussage über die Lippen gekommen war. Sonderlich solide schien das Fundament ihrer Beziehung nicht gerade zu sein.
Fränkie hatte den Kopf geschüttelt und wortlos die Gaststube im Roten Ochsen verlassen. Zum Glück waren die Gäste für

den Mittagstisch noch nicht da.
„Brauchsch nimmie widdakumme!"
Ob er den Nachsatz noch vernommen hatte, dessen war sie sich nicht sicher. Und wenn schon!

Nun, einen Tag danach, war sie nicht mehr ganz so aufgebracht. Erste Zweifel stellten sich ein, ob sie vielleicht doch zu hart mit Fränkie umgesprungen war. Vielleicht war das eine gute Prüfung für ihre junge Beziehung. Vielleicht brauchten sie doch mehr Zeit. Denn sie war durch diesen Vorfall auf eine Frage gestoßen, die sie sich vorher nie gestellt hatte: Ging es ihr um die Hochzeit, oder ging es ihr um die Hochzeit mit Fränkie?

Sie beschloss, erst einmal in den Großmarkt einkaufen zu fahren. Dabei könnte sich auch der Praktikant nützlich machen. Sie wiederum wäre abgelenkt, sie müsste diesem ohnehin ein wenig mehr Aufmerksamkeit zuteil werden lassen, und das ginge am besten im lockeren Gespräch auf der Fahrt.
An Felix jedoch biss sie sich die Zähne aus. Auch wenn sie sich bemühte, auf den Jungen einzugehen, er verstand es, nichts von sich preiszugeben. Zwischenzeitlich fragte sie sich, ob es überhaupt etwas preiszugeben gab.
„Unn, Felix, sollisch bissl Mussisch oomache? Raddio?"
„Keine Ahnung."
„Die Muddi hot mia vazehlt, du heasch gärnn Räpp, stimmt des?"
„Hm."
„Was heaschn gärnn? Wellen Räppa?"
„Kommt drauf an."
„Gell? Uff die Stimmung, uff die Laune, des kennisch. Wemma gut druff is, kanns ruisch bissl abgehe, gell?"
„Hm."
„Bisch du grad gut druff?"
„Keine Ahnung."

Felix hatte keine Lieblingsband, keine Lieblingsfächer, er hatte keinen Lieblingssport, keinen Lieblingsverein, er interessierte sich nicht besonders für Computerspiele oder sonstige Aktivitäten.
„Un die Meedls?"
Eher aus Verzweiflung hatte sie, da sie wieder auf der Rückfahrt waren, dieses Thema angeschnitten. Sie wollte ihn ja nicht in Verlegenheit bringen, aber vielleicht war das doch eine Möglichkeit, ihn aus der Reserve zu locken.

Während des Einkaufes war das Gespräch gänzlich erstorben, sie hatte genügend damit zu tun, Felix Anweisungen zu erteilen: „Jetz nimm mol des! – Des net, des annare! – Mit beide Händ, des fällt sunscht… – Was hawwisch dia gsacht? – Net widda ins Regal, glei ins Audo! – Gugg mol, Felix, wenn isch des Sach bezahlt hab, dann loss isch des doch net an de Kass stehe! Dann nämmisch des doch mit! Vastehsch?"
„Hm."

„Un die Meedels?"
Beim ersten Mal war die Frage offenbar nicht durchgedrungen.
„Hm."
„Unna uns, gfällt dia ähni? Bissl? Auf, mia kannschs saache, isch vazehl kähm was."
„Schon."
Aha, na also, geht doch. Sie ließ ein wenig Zeit verstreichen und setzte an der nächsten Ampel nach: „Weesch, Felix, des is aa net so äfach."
„Hm."
„Isch kenn des."
„Ja?"
Guggemoldoo. Er schien interessiert. Jedenfalls interessierter als an allen bisherigen Themen.
„Du, du hosch des alles noch voa dia. Du valiebsch disch un

donn meiiksch du, die will awwa nix vun dia. Bleed. Liewes-kumma. Kennsch des aa schun?"
„Hm."
„Odda du meiiksch, die große Liebe, des is doch bloß än große Dabbes."
„Hm."
„Odda grad bei mia, weje nix vastridde, moin Fränkie un isch. Do hots geglebbat, alda Freind! Un donn issa äfach ab, moin Fränkie. Bin mol gsponnt, wann dea sisch widda meld. Isch mach nix. Dea muss kumme. Ea keent jo mol oorufe."
„Ah!" Plötzlich wurde Felix wacher. „Da hat einer angerufen."
„Wie bidde? Was hosch du gsacht? Wea hot oogerufe? Fränkie? Moin Fränkie?"
„Hm."
„Wonn?"
„Keine Ahnung. Gestern?"

Im Roten Ochsen angekommen, hatte Marion Helche ihren Praktikanten für diesen Tag vorzeitig entlassen: „Felix, kannsch heit bissl fria gehe, hosch schun so viel gschafft!"
Sie musste nachdenken. Wie könnte sie Fränkie erklären, dass sie sich nach seinem Anruf bis jetzt nicht gemeldet hatte? Würde der Hinweis auf den vergesslichen Praktikanten glaubhaft sein? Warum hatte er sich nicht auf ihrem Handy gemeldet? Konnte sie sich überhaupt sicher sein, dass es sich bei dem Anrufer um ihren Fränkie handelte? Was, wenn sich Felix geirrt hatte?

Kaum hatte sie gehofft, sich in Ruhe eine Strategie für ihr turbulentes Privatleben zurechtlegen zu können, da sah sie sich dem nächsten Hinderlichen gegenüber. Sie erkannte ihn sofort. Indes, den Namen des Mannes konnte sie sich partout nicht merken. Eines aber wusste sie sehr genau, wie schwer es sein würde, ihn wieder loszuwerden. *Wie ä babbisch Gutsl* war der *Sseftl*.

„Ou, wea issn de Krutze? Is des Iara? Hawwisch jo gaa net gewisst.“

Wenn wenigstens Kommissar Gündas Frischling da wäre, dann könnte sie ihm den *Hannebambl* überantworten, aber der hatte sich für diesen Vormittag entschuldigt, er hole seine Mutter vom Flughafen ab.
„Kähna doo, in de Sokodooo?“
„Nää. Noch zu.“
Der Angesprochene verstand die Botschaft nicht. *Nadierlisch net.*
„Mescht nix, dann waad isch ä Weil bei Ihne.“
Unaufgefordert nahm Axel Kornfeld im Gastraum Platz.
„Unn?“
„Sie, isch hab bissl was zum du!“
„Un isch, isch gugg bissl zu. Klähna Witz, awwa net schlescht.“
„Härr…“
„Kornnfeld, Axel Kornnfeld. Awwa Sie derfe aa gärnn Weize zu mia saache. Wie alle, die misch kenne un liewe.“
„Des fehlt mia grad“, murmelte Marion Helche unverständlich vor sich hin. „Isch weeß awwa gaa net, wann do ebba kummt.“
„Mescht mia nix. Is mia grad rescht. Folgendes…“
Er winkte sie heran.
Marion Helche wich instinktiv zurück.
„Wejem Tschief.“
„Was is mit demm?“
„Dea is jo net doo.“
„Schweeß.“
„Wisse Sie aa, wu dea grad is?“
Marion Helche wurde rot. Das wusste sie sogar besser als jeder andere: „An de Oschtsee. Glaawisch.“
„Korräckt. Awwa wisse Sie aa warum?“
„Aholung…“
„So kammas aa saache. Awwa net bloß Aholung so nommaal wie du un wie isch. Dea hots aiig needisch.“

„Bidde? Was hot dea needisch?“
„Unna uns, isch weeß net, ob de Freese schun mit Ihne gsproche hot.“
„Waas?“
„Dann hodda des noch net. Dann hot dea sisch des noch net gedraut. Unna uns, unsan Tschief, dea hot Probblähme.“
„Probblähme? Gsundheitlisch?“
„Doo voa allem.“
Er deutete auf seinen Kopf.
„Im Deez. Dea dreht bissl ab, dea is so bissl, wie willischn saache, huitt im Härnnkaschde. Weesch, wie isch mähn?“
„Huitt? Wie huitt?“
„Isch saach bloß: Dä-bressione…“
„De Tschief?“
„Voll.“
„Unsan Tschief? Des kannisch ma net voastelle.“
„Wenn ischs Ihne saach. Awwa, pscht. Ea will net, dasses ähna weeß.“
„Ähä.“
Marion Helche geriet ins Grübeln.
„Wies aussieht, wärrisch eispringe misse.“
„Wu eispringe?“
„A doo, in de Sokodo.“
„Wea sacht des?“
„Die vun owwe bei uns. Weje warum, unna uns, de Freese hot misch drum gebeede.“
„Mach Sache.“
„Isch heed des aa net gedenkt. Un des ia mia aiig, des kenne Sie mia glaawe. De Tschief, des is soän kloore Kärll.“

Marion Helche wurde still. Sie machte sich Sorgen. Wenn an dieser Geschichte etwas dran war, und wenn sogar *demm Tschief soin Frischling* das so sah…
„Un de Freese?“

„A, isch nämm oo, dea muss jetz aa sehe, wua bleibt. Desdaweje hot dea misch jo kwassi oogfoddatt. Allää, do is dea jo uffgschmisse.“

Das leuchtete Marion Helche ein. So engagiert Kommissar Gündas Assistent auch war, durch seine sprachlichen Probleme war er immer wieder auf Unterstützung angewiesen. Da war es vielleicht sogar ein Glück, dass dieser *Weize* so kurzfristig einspringen konnte.
„Soll isch Ihne vleischt hinne uffmache?“
„Wue?“
„A, im Birroo.“
Axel Kornfeld zierte sich, aber nur kurz: „Wenn Sie des fa rischdisch halde, willisch misch net weidas sperre.“

Bei aller Anteilnahme, während des Gesprächs war Marion Helche doch nur bedingt bei der Sache gewesen. Zu sehr hatte sie die Sache mit Fränkie beschäftigt. Und sie hatte einen Entschluss gefasst. Sie würde zu ihm fahren. Und anhand seiner Reaktion alles Weitere entscheiden.
An die Eingangstür hängte sie ein Schild:
Wegen dringender Familienangelegenheiten heute Mittag geschlossen.

Glücklicherweise waren fast alle Hausgäste abgereist, übrig blieb eine kleine Gruppe schottischer Motorradfahrer um die 50, die ohnehin am nächsten Tag in den Schwarzwald aufbrechen wollten. Denen erklärte sie, sie müsse kurzfristig außer Haus, und sie zeigte ihnen, wie man die Kaffeemaschine und den Zapfhahn bediente. *De Weize*, den sie den Männern gegenüber *de anna guest* nannte, dürfe hier sein, alle anderen hätten nichts im Haus verloren.
„Oukey? Andaständ?“
„No problem. Take care, sister!“

Auch wenn der Urlaub in jeder Hinsicht gelungen war, Kommissar Günda war schon froh, wieder nach Hause zu kommen. Er merkte auch, dass ihn langsam leichte Unruhe beschlich, ob in seiner Sokodo alles in Ordnung war, er hatte von seinem Assistenten lange nichts mehr gehört. Gut, beim letzten Telefonat war er ihm gegenüber vielleicht ein wenig ruppig gewesen, aber Urlaub war schließlich Urlaub. Andererseits, hätte es wirklich größere Probleme gegeben, sein Assistent hätte sich gewiss gemeldet.

Kurzzeitig hatte ihn auch das schlechte Gewissen beschlichen, weil er sich nicht bei Marion Helche gemeldet hatte. *Egool.* Der Dialog war angestoßen, alles Weitere hatten Mutter und Tochter unter sich auszumachen.

Die Rückfahrt verlief weit weniger aufregend als die Hinfahrt. Sah man von dem kurzen Schrecken ab, den es ihm eingejagt hatte, als er eines kleinen Mädchens am anderen Ende des Großraumwagens gewahr wurde. Agnetha war doch nicht etwa in den Zug gestiegen? Sie hatte ihn zum Bahnsteig begleitet und beim Abschied sogar ein paar Tränchen vergossen. *Gonz schää goldisch.* Während Papa Urs bereits wieder in sein Smartphone vertieft war. Kommissar Günda traute ihr zu, dass sie dessen chronische Unaufmerksamkeit genutzt, kurz vor Abfahrt den Schaffner mit einem *Da drinnen ist mein Opa!* bezirzt hatte und einfach eingestiegen war.
Doch mit Auftauchen der mutmaßlichen Mutter der Kleinen samt Großmutter hatte sich seine Sorge als voreilig entpuppt.

So gelang es ihm auf der Rückfahrt sogar, den im Bahnhofskiosk erstandenen Reiseführer über Papenwerder und Umgebung vollständig durchzulesen, um zu erfahren, welche Sehenswürdigkeiten er ausgelassen hatte: selbstredend nahezu alle.
Unne?

Dafür war es ihm gerade in den letzten Tagen vergönnt gewesen, sich zu entspannen, sich zu erholen, ja, allerlei dessen zu vergessen, was ihn für gewöhnlich beschäftigte: Arbeit, Abgründe und andere Aktualitäten. Er war überhaupt nicht mehr auf dem Laufenden, alles hatte er verpasst. Dennoch, die Welt hatte sich weitergedreht, bestimmt hatten sich jede Menge Ereignisse überschlagen, er aber war einfach verharrt.
Das bedeutete zweierlei: Die Welt brauchte ihn nicht und er die Welt ebenso wenig. Jedenfalls konnte man sich eine Auszeit voneinander gönnen, auch wenn schon bald alles wieder seinen gewohnten Gang gehen würde. Kommissar Günda spürte, wie er sich auf dieser Rückfahrt nicht nur der Heimat, sondern auch seinem normalen Leben näherte. Tröstend war die Erkenntnis, dass man sich ebenso gut wieder davon entfernen konnte. Er nahm sich vor, das nicht mehr aus den Augen zu verlieren. Eine Anlaufstelle hatte er nun.

Am Mannheimer Hauptbahnhof erwartete Kommissar Günda eine Überraschung: Fritjof Freese holte ihn ab, er hatte sich tatsächlich gemerkt, wann sein Chef zurückkommen würde, und es sich nicht nehmen lassen, ihn zu empfangen. Kommissar Günda war gerührt: „Geh mol hea, loss disch mol drigge!"
„Gut sehen Sie aus, Tschief! Sie haben ja richtig Farbe bekommen! Steht Ihnen!"

Das allerdings war die letzte Äußerung, die sich mit dem Heimkehrer befasste. Anschließend redete Freese ununterbrochen auf seinen Chef ein, berichtete, beklagte, mutmaßte und rätselte.
An Kommissar Günda ging all das vorbei. Er schnappte lediglich ein paar Fetzen auf. Vieles drehte sich wohl ums Radfahren. Anscheinend hatte Freese ein neues Hobby. Dann wieder ging es um das Übliche, leidige Auseinandersetzungen und Konflikte.

Früher hätte Kommissar Günda dem ausschweifenden Vortrag mit einem *Jetz sei mol bissl still, Freese! Sei so gut!* Einhalt geboten, in seiner entspannten Verfassung jedoch ließ er alles über sich ergehen und an sich vorüberrauschen. Im Radio lief Tom Petty *Learning to fly*. Keine schlechte Idee.

So sehr war er in Gedanken versunken, dass Kommissar Günda erst bei ihrer Ankunft auf dem Parkplatz vom Roten Ochsen bemerkte, dass ihn Freese nicht erst nach Hause, sondern gleich in die Sokodo brachte. Was immer das zu bedeuten hatte, er sah dem gelassen entgegen.

Er machte sich gerade mit seinem Schlüssel an der Tür zu schaffen, als die von einem großen, schwarzgekleideten Mann geöffnet wurde.
„Hello, Sir! What's up?"
In der Rechten trug der Mann ein halbvolles Bierglas, hinter ihm erschienen weitere Männer ähnlichen Kalibers.
Kommissar Günda drehte sich zu seinem Assistenten.
„Klingt schottisch", sagte der ratlos. „Könnten Schotten sein."
„Sure, man. We are from Scotland."
Die Männer hinter ihm bestätigten das mit dröhnendem Lachen.
„What about you? Who are you?"
„Ai äm se Tschief do. De Scheff. De Kees, de King. Vastehsch? Andaständ?"
Fünf mittelalte, feist-fröhliche Gesichter blickten fragend durch den Türspalt.
„You must be wrong, my dear. Look over there: This is the Captain here!"
Sie deuteten allesamt in eine Richtung, in die sich Kommissar Günda nun drehte.
„Hä? Dea? De Weize? Was soll dea sei?"
Axel Kornfeld hatte die Szene betreten und gab sich betont selbstbewusst: „Ou, de Tschief! Aa mol widda im Lond?"

„Hea mol, du Sseftl, was meschen du do?"
„Isch? Schaffe."
„Schaffe? Waas?"
„A, fa die Sokodo."
„Fa mei Sokodo? Des wüssdisch awwa. So weit kummts noch."
„Ähna musses jo mache. Du waasch jo net do."
„Mooment, wea hot des gsacht, dass du do schaffe sollsch?"
„A alle. De Freese zum Beispiel…"
„Wie bidde? Was hosch du gsacht, Freese?"
„Das habe ich überhaupt nicht gesagt."
„Moomendemol!" Kornfeld wurde energisch. „Awwa wohl, Sie hawwe gsacht, isch soll misch kimmare."
„Ach so. Ja. Um die BTM-Sache!"
„Hä? Welli Bee Dee Ämm? Nää. Um die Sokodo. Weje warum, weil de Tschief hot doch de Bärnt Aut."
„Was hawwisch?"
„Des is jo aa gaa net schlimm weidas, des hawwe viele. Des mescht gaa nix, saache die im Brässidium un die vum Personalrat. Kannsch ruisch widda fortt in dei Reha. Äh, was annares, wann kummtn eigendlisch die anna widda, die kläa schnuggelisch?"
„Hea mol, was hawwisch?"
„De Bärnt Aut."
„Wea sacht des? Wea hottn des uffgebrocht?"
„A, doin Assischdent."
Fritjof Freese fühlte sich zunehmend unbehaglich.
„Das habe ich so nicht gesagt. Ich habe nur gedacht, sie waren in letzter Zeit so abgespannt…"
„Gedatscht. Genau. Sachs ruisch, wies is. Mei Redd. Klara Fall vun Bärnt Aut."
„Und Herr Weizen meinte eben…"

Weiter kam Freese nicht. Kommissar Günda griff sich das nächstbeste halbvolle schottische Bierglas, ging auf Kornfeld zu

und tat etwas, was überhaupt nicht seine Art war: Er kippte seinem selbsternannten Nachfolger das restliche Bier *iwwa de Ronze*.
„Mach dass forttkummsch, Weize! Sunscht gewwisch da glei nochän Bärnt Aut hinnahea!"
Der Gebierte schien weniger schockiert als überrascht, blickte erst an sich herab, dann zu Kommissar Günda, drehte sich wortlos um und ging.

„What is he doing, man?", fragte einer der Schotten.
„We call it *fabrunze*", antwortete Kommissar Günda und konnte sich ein zufriedenes Grinsen nicht verkneifen.

Während Kommissar Günda fast schon beschwingt war, bemühte sich sein Assistent um Schadensminderung.
„Das muss ein Missverständnis gewesen sein, Tschief. Keine Ahnung, was dieser Weizen hier will. Von meiner Seite jedenfalls gab es überhaupt keine Bestrebungen, den hier in unsere Sokodo zu holen. Geschweige denn, Sie zu verdrängen und durch ihn zu ersetzen. Eine schreckliche Vorstellung! Ich kann mir das nur so erklären, dass er eine Äußerung von mir überinterpretiert hat und eigenmächtig etwas in der Zentrale in die Wege geleitet hat. Das war überhaupt nicht in meinem Sinne. Ich habe mir nur Sorgen gemacht. Glauben Sie mir das, Tschief?"
„Hea mol, Freese. Weesch, was isch glaab? Du hosch gebabbelt, donn hot dea gebabbelt. Donn hosch du widda gebabbelt und donn dea. Un kähns hot vastanne, was de anna mähnt. Dea Sseftl hot des vastanne, wassa hot vastehe wolle: Nämmlisch dass de Tschief kronk is. Malad. Awwa isch bin ma zimmlisch sischa, dassa grad gemeiikt hot, wie gsund isch bin."
„Allerdings, Tschief. So habe ich Sie ja noch nie erlebt. Ich habe nur Sorge, dass das Konsequenzen für Sie hat. Tätlicher Angriff auf einen Kollegen."
„Weje demm Bierle? A-wa. Des mescht demm nix. Isch ruf den morje mol oo, donn kläre ma die Sach. Wenn die im Fußball odda im Handball Meischda wärre, donn wärre sie aa glei mol geduscht middeme Bierle. Dea wärdd des schun iwwaleewe."
„Sie meinen, er wird Sie nicht anzeigen? Kein Disziplinarverfahren? Da warten doch manche nur drauf."
„Mach da kä Sogge, Freese. Wenns druff ookummt, kannisch misch uff de Weize valosse. Ob dus glaabsch odda net, mia vastehe uns, de Weize un isch. Mia hawwe schun gonz annare Sache hiekriggt. Isch hab des alles im Griff."
„Das wäre gut, denn ich brauche Sie dringend. Sie haben ja vorhin von mir erfahren, was hier los ist."
„Äh, Freese?"
„Ja, Tschief?"

„Kannsch du mia des grad nochmol vazehle. Isch waa noch net so gonz bei Sach voahiin."
„Verstehe. Ich habe Sie ja auch ganz schön überrumpelt, tut mir leid. Regelrecht zugetextet habe ich Sie, war vielleicht ein bisschen viel."
„Finsch?"
„Finden Sie nicht?"
„Nää."
„Ach ja? Sondern?"
„Net *bissl* viel. Bissl *aiig* viel."

Und dann erzählte ihm Freese noch einmal in aller Ruhe von den Vorkommnissen um die Radwege und von den beiden Streithähnen Lipsky und Schmidtke.
Kommissar Günda schmunzelte immer wieder, Freese beharrte jedoch auf dem enormen Risiko, dem Gewaltpotential, das nach seiner Ansicht von beiden ausging.
„Ich kann mir vorstellen, dass die sich eines Tages die Hacke heruntermachen."
„Hä?"
„Heruntermachen. Die Hacke. Spezialausdruck hier in der Gegend. Hab ich gelernt, als Sie weg waren."
„Du bisch so goldisch, Freese. Des hot mia aiig gfehlt, dei dabbisches Gebabbl."
„Sie nehmen mich nicht ernst, Tschief."
„Doch, doch. Folgendes. Wie alt sinnen die zwee?"
„Ich schätze Ende sechzig."
„Zwee alde Sseggl also."
„Heißt das Entwarnung? Glauben Sie, dass man mit dem Alter automatisch friedlicher wird? Wie heißt das so schön: altersmilde?"
Kommissar Günda blickte nachdenklich.
„Guck mol, Freese, befoa dassisch in Ualaub bin, heedisch gsacht: ja. Voll. Mach da kä Sogge, die Alde reiße bloß die

Gosch[88] uff. Awwa jetzat binnisch ma nimmie so sischa."
„Wie kommt das?"
„Des vazehl isch dia annamol. Jetz deedisch mol saache, du bringsch mia die zwee mol dohea."
„Gleich morgen?"
„Nää. Jetzat. Äschda de ää, donn de anna. Und donn schwätz isch vleischt noch mit denne zwee zamme."
„Tschief?"
„Waas?"
„Gut, dass Sie wieder da sind."

[88] Maul

Freese war in Unruhe. Bernd Lipsky und Uwe Schmidtke waren nun schon eine ganze Weile bei Kommissar Günda. Zusammen. Und ein ums andere Mal drangen barsche Geräusche aus dem Zimmer. Wie die Verhandlungen überhaupt in ziemlicher Lautstärke erfolgten. Freese war sich zwar nie sicher, wer von beiden gerade die Stimme erhob, es machte jedenfalls nicht den Anschein, als ob einer kleinbeigeben würde. Zwischendurch hörte er immer wieder Kommissar Gündas Stimme heraus: „Jetz bisch du mol still.", „Hältsch du jetz mol die Gosch!", „Hea, ia zwee Kaschba, jetz is awwa mol Ruh!", was für ihn freilich eher so klang: „Uabbaseggldoofuschdischgrawwl!"

Plötzlich wurde es still.
„Freese?", drang es durch die Tür.
Der Angesprochene drückte vorsichtig die Klinke herunter und lugte in den Verhandlungsraum.
„Ja, Tschief?"
„Hogg disch mol hea."
Kommissar Günda deutete auf den Platz neben sich. Freese zog einen Stuhl heran.
Die Streithähne saßen auf der anderen Seite des Schreibtisches. Freese war enttäuscht, für seine Begriffe zeigten sie viel zu wenig Einsicht, Reue und überhaupt Demut. Im Gegenteil, etwas Triumphierendes, Siegessicheres lag in den Gesichtern. Seltsamerweise in beiden. Die Befriedung schien auf ganzer Linie gescheitert.
„Folgendes, Freese. Weesch, was die zwee voahawwe?"
„Na?"
„Än Kampf. Duelliere."
„Also doch! Ich habs gewusst."
„Langsoom. Net so, wie du denksch. Die zwee mache Rennales."
„Renn alles? Iron Man?"
„Ä-ä. Rennales. Bessa gsacht Radrennales."

„Un isch mach denn nass, des vaspreschl isch. Endgildisch.“
„Du? Misch? Hä? Do lachisch joo.“
„Geht des schun widda los. Hea, ia zwee, wenn do ähna ähna nass mescht, donn isch. Stimmts, Freese?“
Er zwinkerte.
„Das stimmt. Mein Chef ist sogar ein begnadeter Nassmacher.“
„Jetz mol im Ärnscht: Die zwee Kaschba wolle ä Radrenne mache.“
„Warum?“
Kommissar Günda seufzte: „Die hawwe schun mol ähns mache wolle. Des hot awwa net geglabbt.“
„Gönau.“
„Rischdisch. Odda?“
„So waa des.“
„Aha. Und wann hätte dieses Rennen stattfinden sollen?“
„Voa fimfefuchzisch[89] Joa.“
„Des gedenkt mia heit noch. Bloß weje demm hot des net geglabbt.“
„Hea, isch waa vleischt valetzt. Hä?“
„O! Was hoschn ghabt?“
„Bändariss.“
„Gönau. Bändariss im Härnn. Des meiikt ma heit noch, dass do was gerisse is.“
„Hea! Slangt! Schluss!“

Kommissar Günda erzählte seinem Assistenten von der uralten Rivalität zwischen den beiden, die ihren Anfang genommen hatte, als sie als Jugendliche im Glickerbacher Radsportverein gewesen waren.
„Denn gibts jo nimmea.“
„Schun long. Odda? Hä?“
„Schaad. Aiig.“

---

[89] fünfundfünfzig

Uwe Schmidtke und Bernd Lipsky gehörten damals zu den talentiertesten Nachwuchsfahrern im Verein. Dann sollte es ein Radrennen geben, bei dem erstmals beide gegeneinander antreten durften, weil sie endlich alt genug dafür waren.
„Ein Radrennen? Wo?“
„A doo, in Gliggabach.“
„In der Stadt?“
„A sebvaständlisch, was glaawen Sie? Des hots iwweraal gewwe. In jedare Gemeinde.“
„Aber da fahren doch die Autos.“
„Ä-ä. Net wenn Renne is.“
„Die haben die ganze Stadt für das Rennen gesperrt?“
„Des glaabsch awwa. Odda, odda, hä?“

Kurz vor dem entscheidenden Rennen hatte sich der Wettkampf zwischen den beiden leider zerschlagen.
„Weje meinare Valetzung, odda, odda?“
„Pfff. Weil du Ängscht ghabt hosch.“
„Net schun widda.“

Im Jahr darauf hatte es Probleme mit der Gemeinde gegeben hinsichtlich der Genehmigung, Radsport hatte nicht mehr so eine große Rolle gespielt. Und in der Folge hatten sich die Kontrahenten anderweitig orientiert.
„Dea, isch net.“
„Grad du. Weje de Weiwa. Odda? Liewa noch de Meedlin gugge statz[90] oddentlisch drähniere.“
„O! Gaa net. Un iwwahaupt, geje disch gewinn isch soggaa mit oohne Drähning. Rickwärts.“
„Des wolle ma mol sehe, hä?“
„Bidde!“
„Pscht!“

---

[90] anstatt

Beide hatten das Radfahren vernachlässigt, der Glickerbacher Radsportverein hatte sich langsam aufgelöst, sie waren zur Bundeswehr einberufen worden, es kamen Beruf, Familie, neue Freunde, andere Hobbies. Wie das Leben eben so spielte.
„Un jetzat wolle die zwee des Renne noochholle. Ubedingt."
„Aber warum? Warum ausgerechnet jetzt?"
„Weil dea Bleedhamml mia denn Radweg voa die Nas setze will, bloß, weila misch schikaniere will. Odda? Odda?"
„Gaa net. Du bisch geje die Radweg, weil du nimmie fahre kannsch. Dorttmols net. Heit aa net."
„Awwa du, du bisch jo die gröggschd Flasch, die wu jemals uffm Sattl gsesse hot. Hä?"
„Des nimmsch du zurick!"
„Niemols!"
„Du siehsch, Freese, s hot kähn Docht. Mia misse des Radrenne mache, die gewwe sunscht kä Ruh."
„Wir? Was haben wir damit zu tun?"
Kommissar Günda sah ihn mahnend an: „Weil mia do die Bollezei sin. Un weil des alles sei Orddnung hawwe muss bei soämme Renne. Un…" Er machte eine kurze Pause: „Weil isch misch auskenn mim Radrenne."
„Sieh an. Das wusste ich gar nicht."
Auch die beiden anderen horchten auf.
„Sie sin aa än Radrenna?"
„Gewest. Zu meine guude Zeide."
„Mach Sache."
„Mooment. Des kann jo jeda behaupte. Un mit wemm sinnen Sie dorttmols gfahre?"
„Isch? Mim Goos."
„Mim Friedhelm? Dea vun doo, hä? Ealisch, hä? Waa dea net mol Radproffi in de Sibbzischa, hä, hä?"
„Hajo! Oine Legende bei uns in de Reggioon! De Goos, dea hot ä Zeitlang alles gewunne, iwweraal. Mit demm sin Sie gfahre? Reschbeckt! Des waa än Renna! Alda Schlabbe!"

Ausnahmezustand in Glickerbach, die Straßen im Zentrum waren gesäumt von Schaulustigen. Nicht nur Ältere hatten sich eingefunden, auch etliche Kinder mit und ohne ihre Eltern. Die Stimmung ähnelte der bei den Sommertagszügen, wenn die Schulklassen und Vereine mit Girlanden durch die Stadt zogen, um den Winter zu vertreiben.
Nur, dass diesmal kein langer Festzug erwartet wurde, sondern zwei Radrennfahrer, die sich, wie es im Amtsmitteilungsblatt verheißungsvoll hieß, *nichts schenken werden.*

Kommissar Günda hatte dank seiner guten Verbindungen zur Gemeinde und kraft seiner polizeilichen Autorität dafür gesorgt, dass die maßgebenden Straßen für den Verkehr gesperrt waren, was städtische Bedienstete unter Anleitung der erfahrenen Ex-Gemeindevollzugsbeamtin und nunmehrigen Bürgermeistergattin Gertrud Schneider-Menzlerschweikert rigoros durchgesetzt hatten.

Auf dem Marktplatz, wo das Ziel des Rennens lag, herrschte bereits Volksfeststimmung. Buden und Stände waren eigens aufgebaut, die Versorgung mit *Brootwärscht*, Flammkuchen, *Dampfnuudl*, Wellfleisch, Bier und Wein war gesichert. Einige hatten offensichtlich beschlossen, sich ausschließlich auf das Finish des Rennens zu konzentrieren, und sich mit ihren mitgebrachten Klappstühlen samt Proviant neben der Ziellinie niedergelassen. Unter dem großflächigen Transparent mit der Aufschrift *Der Kampf des Jahrhunderts Lipsky vs. Schmidtke.*

Die Rennleitung lag in den Händen von Friedhelm Goos, assistiert durch Kommissar Günda.
Goos‘ Mitwirken stieß auf allgemeine Begeisterung, vor allem bei den Kontrahenten, verlieh das doch dem Rennen Seriosität. Sein guter Name, seine Autorität bürgten für den sportlich bedeutsamen Charakter der Veranstaltung.

Entsprechend streng waren die Regularien: Die zu absolvierende Strecke umfasste unterschiedlichste Anforderungen an das fahrerische Geschick, an Ausdauer und Schnelligkeit. Start war auf einer Anhöhe im Glickerbacher Wald, anschließend sollte es querfeldein über einen Feldweg gehen. Schließlich würden sich die Fahrer auf der Straße bewähren müssen, erst außerhalb, dann innerhalb Glickerbachs.

Die ersten Etappen waren klar definiert und abgesteckt, der innerstädtische Kurs jedoch sollte der größeren Spannung und der Überraschungsmomente wegen den Fahrern die volle Konzentration abverlangen. Dazu hatte man sich entschlossen, die Streckenführung erst während des Rennens zu offenbaren. So konnte auch keiner die Route vorher trainieren. Ein vorausfahrendes Gefährt würde den Weg vorgeben. Diesen Part übernahm Kommissar Günda *passöhnlisch*, der sich dafür eigens ein geeignetes Gefährt ausgeliehen hatte: *ä Huddl.*
Für den gesamten Parcours war eine Fahrtdauer von 20 Minuten veranschlagt.
Beide Fahrer waren mit allem einverstanden gewesen.
„Sebvaständlisch. Odda, odda, hä?“
„Mia is alles rescht. Isch gewinn eh!“

Diskussionen hatte es dagegen um die Ausrüstung der Fahrer gegeben. Die Renner bestanden darauf, jeweils mit einem Rad ihrer Wahl anzutreten, waren aber gleichzeitig nicht mit der Auswahl des anderen einverstanden. Erschwerend kam hinzu, dass Freese mit der Regelung dieses Details betraut worden war.
„Des is u-fäa! Odda?“
„Wisso? Isch kann nix defoa, dass doin Howwl bloß ähn Gong hot.“
„Ähna? Hä? Fimfe!“
„Ou? Reschbeckt! Isch habs halwa vagesse, du hosch des Fahrrad jo afunne kwassi. Voa zweehunnat Joa.“

„Moment, meine Herren. Bitte denken Sie daran, ich bin kein Experte. Wozu bitte dient bei einem Fahrrad der Gong?“
„Hä? Kenne Sie des net?“
„A, des gibts jo net.“
Das Unverständnis einte die beiden kurzzeitig.
„Hawwe Sie iwwahaupt schun mol ä Fahrrad ghabt?“
„Ob ich schon mal ein Fahrrad gehabt habe? Selbstverständlich. Sogar mehrere.“
„Allo! Un jedes Fahrräddl hot heit än Gong, mindeschdens ähna.“
„Stimmt. Do mussisch demm Sseggl ausnahmsweis Rescht gewwe. Odda?“
„Entschuldigung, mein Fahrrad hat keinen Gong. Keines meiner Räder hatte jemals einen Gong. Ist das Pflicht seit neuestem?“
„Nää, des net.“
„Dafür habe ich eine Klingel.“
„Subba!“
„Und ein Neffe von mir hat sogar ein Kinderfahrrad mit Hupe.“
„Alda Schlabbe. Isch bin be-eidruckt.“
„Isch aa. Odda? Hä?“
„Und Sie haben beide einen Gong?“
„Ähna? Iwwa zwonzisch hawwisch. Zwanzisch.“
„Zwanzig? Ich kann mir gar nicht vorstellen, wie das aussieht. Und wie bedient man die alle?“
„Hä?“
„Dea mähnt, wie du die schaltsch.“
„Des hawwisch schun vastanne, du Dabbes. Isch bin jo net bleed so wie du. Ellegdroonisch geht des bei mia. Des is des Neischde vum Neie.“
„Na, dann macht das Fahren mit Ihrem Rad nicht nur Riesenspaß, es ist auch ein besonderes Klangerlebnis. Toll. Ich bin schon sehr gespannt.“
„Mooment.“
„Ja?“

„Isch hab gsacht, des is u-fäa. Odda? Hä?"
„Meinen Sie wirklich, es spielt eine Rolle, ob es einen Gong gibt? Oder zehn? Oder zwanzig?"
„Alladings. Odda?"
„Na gut. Ich kläre das mit der Rennleitung."

Die hatte umgehend entschieden.
„Do deedisch saache, mache mia gaa net long rum, Friedhelm!"
„Hosch Rescht, Günda."

Und so waren beiden Fahrern von der Rennleitung zwei gleichwertige Räder gestellt worden: Klappräder. Ohne Schaltung.
Anfangs aufkeimenden Unmut hatte Friedhelm Goos sogleich vom Tisch gewischt: „Än guude Renna gewinnt mit jedem Rad. Un ia seid doch guude Renna, odda?"
Das hatten natürlich weder Bernd Lipsky noch Uwe Schmidtke bestreiten wollen.

„Unn? Wie siehts aus? Bereit?"
Bürgermeister Schneider hatte es sich nicht nehmen lassen, persönlich den Start auf der Anhöhe im Glickerbacher Stadtwald vorzunehmen.
„Jawoll. Odda?"
„Ube! Wie isses mit dia? Bereit?"
„Moment!"
„Hä? Bidde? Hä?"
„Klähna Witz! Nadierlisch. So was vun bereit, des kannsch glaawe!"

Um für die Zuschauer besser unterscheidbar zu sein, gerade auch aus der Ferne, trugen die Fahrer leuchtfarbene Trikots, Lipsky neongrün, Schmidtke *arongsch*, jeweils mit dem passenden Helm.

Beide saßen bereits auf ihren Rädern und umfassten jetzt noch entschlossener ihre Lenker.
„Ia wisst, denn Starttschuss gibt die Först Läddie vun Gliggabach, die wu moine Fraa is."
„Schweeß."
„Kennisch. Vun fria. Odda? Hä?"
„Des spielt jo jetz kä Roll weidas."
„Babbl net rum, mia wolle oofange!"
„Alla guud. Auf die Plätze."
„Endlisch."
„Wärdd aa Zeit."
„Fäddisch."
„Disch! Disch mach isch fäddisch. Awwa voll."
„Un isch disch. Odda?"
„Los!"

Keiner der beiden rührte sich.
„Hä? Wisso fahrt ia net? Kä Luscht?"
„Isch hab gedenkt, dei Fraa gibt des Zeische."
„Gönau."
„Stimmt. Des vasteh isch aa net. Hea, Gertrud, wisso hosch du net denn Starttschuss gewwe?"
Gertrud Schneider-Menzlerschweikerts bekannt durchdringende Stimme hallte durch den Wald: „Mooment! Wea gibt des Zeische, du odda isch?"
Der vorwurfsvolle Ton richtete sich an ihren Mann. Die Startschusspistole hielt sie derweil weiterhin in die Luft, wenngleich man auch den Eindruck gewinnen konnte, diese senkte sich ganz langsam.
„Du."
„Weils bessa is. Bereit?"
„Glei nimmie."
„Mia langts aa. Odda? Odda?"
„Auf die Plätze! Fäddisch!"

„Hajo."
„Wärdds ball! Hä?"
„Lllooooos!!!"

Der Startruf übertönte spielend den Knall der Schreckschusspistole und gellte gen Glickerbach. Auf dem Marktplatz, der sich bereits beachtlich gefüllt hatte, wurde er kurz darauf in unwesentlich geringerer Lautstärke vernommen und mit vorfreudigem Johlen quittiert.
„A, endliiiisch!"

Die Fahrer schenkten sich tatsächlich nichts. Gleichauf kamen sie aus dem Wald und gelangten auf den Feldweg. Kommissar Günda beobachtete das Geschehen von der nahen Umgehungsstraße aus. Infolge des unebenen Bodens konnte man sie recht gut im Auge behalten.
Mol dopst de ää, donn dopst de anna, dachte er nicht ohne Belustigung.
Er blickte auf die Uhr. Dieser erste Teil des Rennens nahm doch deutlich mehr Zeit in Anspruch als erwartet. Blieb nur zu hoffen, dass die Reifen hielten. Sie würden noch gebraucht.

Er startete schon einmal die Huddl, was nicht ohne Mühe vonstatten ging, und wartete auf den ersten Ankömmling.
Und da erschien auch schon Bernd Lipsky, der sich tatsächlich ein paar Meter von Uwe Schmidtke hatte absetzen können. Beiden Fahrern sah man bereits die Strapazen selbst auf die Entfernung an.
„Alla, Männas! Un weida gehts! Als mia nooch!"
„Fahr! Du… Odda?"
„Glei… hawwisch… disch!", japste Schmidtke, der nunmehr direkt an Lipskys Hinterrad hing.
„Babble kennda späda", äzte Kommissar Günda. „Auf! Odda wollda liewa Paus mache und bissl dumm rumbabble?"

Das Team hatte ganze Arbeit geleistet, auf der Umgehungsstraße war weit und breit kein anderes Fahrzeug zu sehen.
Er beschleunigte und erfreute sich sogleich am Fahrtwind. Als er sich umdrehte, sah er, wie sich Uwe Schmidtke unter Aufbietung erheblicher Kräfte an Bernd Lipsky vorbeischob. Dazu war er aus dem Sattel gestiegen.
Nein, hier war noch nichts entschieden.

Glickerbach kam in Sichtweite, die beiden Kirchen. Das schien Schmidtke zu beflügeln, sein Vorsprung wuchs.
„Unn? Gibsch uff?", meinte Kommissar Günda zu vernehmen. Die Worte wurden unter heftigem Keuchen hervorgestoßen.
„Niemols! Ea gäwwisch… de Leffl… ooda… ab."
„Wie… du… willsch. Des… kannsch… hawwe."
Auch dieses Versprechen hätte vollmundiger klingen können.

„Hea! Wu… Wu… Wu fährtn… Wu fährtn dea hie, de… de Tschief? Uff… Uff… Uff Monnem?"
„Stopp! Hä? Do gehts… doch… uff… Gliggabach! Od… da?"

Tatsächlich hatte Kommissar Günda die Abfahrt Glickerbach-Zentrum passiert.
„Bin isch doo die Rennleidung odda ia? Odda kennt ia vleischt nimmie? Isses zu aiig? Sachts grad, donn is die Sach aleedischt."
„Fff… fahr! Hä?"
„Gö… nau!"

Lipsky kam die Irritation zugute, er holte wieder auf. Schmidtke hielt mit Mühe dagegen.
„Männas, mia hawwes glei. Do vornne gehts reschts ab."
„Hä? Was… Was… Was… sollen… des?"
„Fahre mia… Fahre… mia… net… uff… Gliggabach? Hhh… hä?"
„Awwa… des Ziel… des is doch… am… Maiiktblatz?"

„Rischdisch! Korräckt!", gab Kommissar Günda bestimmt zurück. „Awwa äschda fahre mia duaschs Neubaugebiet. Was degeje?"
„Nä... nä... nää... hhh."
„Vun... mia... au....sss."

Der Straßenbelag des Zubringers war neu, hier liefen die Reifen wie von selbst. Die vorausfahrenden jedenfalls.
Kommissar Günda streckte den linken Arm aus.
„Auf! Die Erisch-Käschtna-Strooß nei! Unne? Gehts noch?"

Die Antwort ließ auf sich warten. Kein schlechtes Zeichen.

„Glei kummt de Aschdritt-Lindgren-Weg. Dortt reschts."
Seine Huddl lag nicht schlecht in der Kurve, Kommissar Günda genoss es, seine alte Neigetechnik kam langsam zurück.
„Doo, de Härttling!"
„Www... wue?"
„Www... wea?"
„Net wu, net wea, de Schriftstella, de Härttlings Peda. Nooch demm heeßt die Strooß. Un späda misse ma zum Manns Thoomas. In die Strooß, doo wolle ma hie. Meiikt eisch des! Thoomas-Mann-Strooß. Wischdisch."
„Hä?"
„O...d... d... a?"
„Als mia nooch."
„Lang... Lang... Lang... soom."
„M... M... M... ment."

Kommissar Günda war durchaus beeindruckt. Er musste *gonz schää viel Hake schlaare*, bis er die beiden Renner endlich abgehängt hatte. Der entscheidende Coup gelang ihm im Franz-Kafka-Weg. Etliche Male war er bereits abgebogen, ohne jedes System, ohne jeden Plan, rein intuitiv, hatte ein ums andere Mal erst im letzten Moment die Richtung geändert, doch die Renner klebten unverdrossen an ihm.

Der Kafka-Weg erwies sich als Glücksgriff, es war eine Sackgasse. An deren Ende hielt Kommissar Günda unvermittelt an und zwang seine Verfolger, es ihm gleichzutun. So kamen die aus dem Rhythmus, er wiederum machte augenblicklich kehrt und beschleunigte. An der nächsten Kreuzung bog er rechts ab, kurz darauf links und wieder links.

„Des waas", würde er später seinem Assistenten berichten. „De Kafka, dea hot denne de Rescht gewwe."

„A, wu bleiwen die?“
„Mache die Picknick?“
„So long kann des doch net dauare.“
„Vleischt än Bladde.“
„Beide?“
„Wisso net?“
„Die kumme nimmie.“
„Mähnsch?“

Auf dem Marktplatz wurde man langsam unruhig.

„Pscht. Sei mol still!“
„Wisso?“
„Isch hea was.“
„Waas?“
„Des kannisch jo net heare, wenn du als weidababblsch.“
„Isch hea nix.“
„Isch aa net.“
„Pscht!“

Tatsächlich. Aus der Ferne drang Geknatter.
„Des is die Huddl vum Kommissaa.“
„Hawwisch aa glei akannt.“
„Sie kumme.“
„Obacht!“
„Glei sin sie doo.“

Die Menschen scharten sich um den Zieleinlauf. Am anderen Ende der Hauptstraße tauchte Kommissar Günda auf, in seinem Schlepptau die beiden Renner. Noch konnte man nicht ausmachen, wer die Nase vorne hatte.
Die Spannung wuchs.
„De Ube is vornne.“
„Im Leewe net!“

„Isch sehs gönau."
„Du? Du siehsch nix. Egool, ob mit odda mit oohne Brill."

Das Trio näherte sich langsam. Sehr langsam. Schon jetzt zeichnete sich ab, eine Zeitlupe würde man vom Zieleinlauf nicht benötigen. Die ersten begannen, rhythmisch zu klatschen. Sprechchöre brandeten für den jeweiligen Favoriten auf.
„Ube! Ube! Ube! Zeigsem!"
„Odda-Odda! Odda-Odda! Odda-Odda! Auf!"

Als hätte er darauf nur gewartet, beschleunigte Kommissar Günda seine Maschine erheblich und gelangte unter Beifall ins Ziel. Eigentlich hatte er vorgehabt, seinen Part mit einer spektakulären Vollbremsung, mit elegantem, seitlichem Wegdriften zu beenden, aber er wollte den Hauptakteuren ja nicht die Schau stehlen. Bescheiden fuhr er eine kleine Schleife, stoppte sein Gefährt und wandte sich wie die Menge den sich schleppend nähernden Kontrahenten zu.
„Ube! Ube! Ube!"
„Odda-Odda! Odda-Odda! Odda-Odda!"
Die Sprechchöre ließen nicht nach.
Die beiden Renner schon. Beide konnten sich offensichtlich nur noch mit Mühe auf ihren Rädern halten.

Mit letzter Kraft zog Uwe Schmidtke auf den letzten fünfzig Metern noch einmal das Tempo an, soweit man überhaupt noch von Tempo reden konnte. Bernd Lipsky vermochte nicht mehr, ihm zu folgen.
Unter dem Jubel der Menge überquerte Schmidtke die Ziellinie und reckte die Arme empor. Zumindest einen. Ein wenig.
„Jjjjj… a!"
Gleich darauf folgte der Zweite. Bernd Lipsky ließ seiner Enttäuschung freien Lauf.
„Ffff… Ffff… Ffffeia… hä… d… du… na… wttl… hänomol."

„Liebe Glickerbacher! Un ihre Ehefraue! Wia kommen nun zua feialischen Siega-Ehrung.“

Vor den zahlreichen Zuschauern, die sich um die Bühne auf dem Marktplatz drängten, ließ Bürgermeister Schneider das Rennen noch einmal Revue passieren.
„Alda Schlabbe! Des waa jo ä Sach, des Renne. Sponnend bis zum Schluss! Leit! Ia Leit! Doo uffm Maiiktblatz un on de Gräde!“
„Hä? Was fa Gräde?“
„Färnnseh.“
„Färnnseh is aa do?“
„Hajo. Isch hab gfilmt mim Smaatfoon.“
„Isch aa.“
„Isch habs schun uff Jutuub.“
„Es waa oin großes Mega-Iffent. Wie Rocki ähns, zwee un die annare zamme. Dea Kampf dea Gigande. Befoa dass isch denn Siega ehre, möschde isch misch bei allene bedonge, die wu des Gonze mööglisch gemacht hawwe. Voa allem bei denne, die wu grille…“
„Braffoo!“
„Un des Bierle zapfe…“
„Rischdisch!“
„Donn bedong isch misch beim Friedhelm Goos, de ehemalische Weltklasse-Radrenna, dea wu unsan Expädde is un unsan Owwaschiedsrischda. Mia sin gonz schää stolz, dass dea des fa uns gemacht hot. Un mia bedonge uns bei unsam Kommissa Günda, dea wu des Renne mit seinare Huddl suffarähn geleidet hot.“
Die Genannten gesellten sich unter dem Beifall der Menge zum Bürgermeister.
„Un nadierlisch muss isch misch bedonge bei dea Passoon, oohne die nix in Gliggabach leeft: mei Gertrud! Die Först Läddie vun Gliggabach.“

Der Beifall geriet deutlich verhaltener. Das Publikum sah deren Bedeutung etwas anders.
„Was hottn die dodemit zum schaffe?“
„A, die hot die Fahra motifiat. Awwa voll. Wie die gschrawwe[91] hot *Looos!*, do hawwe die so Ängscht kriggt, dassie glei dobblt so schnell gfahre sin.“

Bürgermeister Schneider bemühte sich um einen feierlichen Ton: „Isch bidde nun die zwee Männas, die Radrennas zu mia! Wu stegge sie?“
„Die sin bstimmt schun in de Reha!“
Ein Zwischenruf aus den hinteren Reihen.

Es dauerte ein wenig, bis sich beide den Weg durch die Menge gebahnt und noch ein wenig länger, bis sie die drei Stufen zur Bühne erklommen hatten. Sie waren immer noch sichtlich vom Rennen gezeichnet.
„Do sin sie, die zwee! Abblaus!“
„Braffoo!“
„Hoch!“
„Dann vakünde isch hiermit daas Agebnis vum Ärschde große Preis vun Gliggabach: Siega… ist… unsan Ube!“
„Ube! Ube! Ube!“

Feierlich schritt Gertrud Schneider-Menzlerschweikert mit dem Pokal auf Uwe Schmidtke zu. Der nahm ihn strahlend in Empfang.
„Ähns, des willisch awwa jetz doch noch wisse: Wisso hot des so lang gedauat, bis ia bei uns ookumme seid?“
„A, mia hawwe uns vafahre. De Kommissaa is als voagfahre, links, reschts, links. Mia als hinnahea. Un irgendwonn, plötzlisch, zack – wara äfach fortt. Vaschwunne.

---

[91] geschrien

Un mia irgendwu midde im Neubaugebiet. Voll uffgschmisse. Isch kenn misch doch do net aus. Isch waa dortt noch nie. Des sieht jo aa alles gleisch aus, die gonze Haislin. Mit denne klähne Gärttlin. Vornedroo Trambolin unnen Tschiep uff jedem Stellblatz. Iwweraal. Dea Sseggl newa mia, dea hot sisch des äfach gemacht, dea is grad imma hinna mia hea. Isch hab geguggt un geguggt, wie mia nauskumme aus demm Lawirint[92]. Wahnsinn! Uumeeglisch!"
„Aha. Indressant. Isch bin do aa noch nie gewest im Neubaugebiet."
„Hä? Awwa du bisch doch de Bürgameischda."
„Unn? Was sollischn do? Isch kenn do kähna."
„Isch aa net."
„Isch aa net."
„Net dassischs wisst."
„Is eigendlisch ähna do vun denne draus? Isch froog mol: Is eina vun eisch vum Neubaugebiet draus?"
Keine Reaktion.
Dann hob sich doch langsam eine Hand. Zur Verwunderung der Umstehenden.
„Andoon? Du? Woohnsch du seit neischdem do draus?"
„Nää. Awwa isch hab do mei Eggalin[93] ghabt."
„A so, isch aa."
„Isch aa.
„Isch aa."
„Die hawwe latze misse, die wu do draus gebaut hawwe."
„Isch muss nimmie schaffe."

Bürgermeister Schneider übernahm wieder die Regie: „Jetz vazehl mol weida, Ube. Wie bisch du donn doch noch nauskumme aussem Neubaugebiet?"

---

[92] gelegentlich gibt es auch den umgekehrten Weg: aus b wird w
[93] Äckerchen

„Isch hab als geguggt uff die Noome vun denne Strooße. Nie gheat. Isch hab gaa net gewisst, dass mia so Strooße hawwe. Irgendwonn hawwisch ooghalde. Hawwisch ähna gfroocht: *Hea, wie gehtsn do zum Maiiktblatz?*
Hot der gsacht: *Marktplatz? Hier gibt es einen Marktplatz? Den muss ich mir unbedingt einmal anschauen bei Gelegenheit.*
Hawwisch gedenkt, oukey, wahrscheinz is dea grad zugezorre. Binnisch zuämme annare. Un nochem annare. Un nocheme annare.
Hea, hawwisch gsacht, *isch will zua Kiasche, zua evangelische. Wie finnischn do hie?*
Hawwe die gsacht: *Kirche?*
Gönau. Newam Rode Ochse.
Keine Ahnung, tut mir leid.
Hawwisch gsacht: *Oukey, annaschda. Wie heeßtn die Strooß do, wu mia grad sin?*
Oh, hot dea gsacht, *da bin ich überfragt. Ich könnte im Navi schauen. Soll ich?*
Des gibts net, odda? Varrickt.
Hä?, hawwisch gsacht, *awwa Sie woohne doch do, isch moine hier!*
Oh ja. Und wir fühlen uns sehr wohl hier. Das ist unser Haus da drüben.
Sachisch: *Allo! Donn woohne Sie doch doo, in dem Ortt, in Gliggabach.*
Druff dea: *Glickerbach, Glickerbach? Helfen Sie mir, ich arbeite in Mannheim...*
Donn hawwischs uffgewwe."
„Un wu waa de anna die gonz Zeit? De Bärnd?"
„Was weeßnisch? Dea is weidagfahre. Wie dea gsehe hot, isch halt, hot dea wahrscheinz gedenkt, jetz hodda misch abghängt. Do hodda sisch awwa gedeischt. Irgendwonn hawwisch des Geknadda vun de Huddl vum Kommissaa gheat. Bin isch roin nach Gehöa gfahre. Subba-Leischdung. Un jetz binnisch doo. Äschda. Äschda alles. Isch bin stolz uff misch un glicklisch. Dea alde Sseggl, dea hots halt noch druff!"

Im Eifer der plastischen Schilderungen hatten weder Bürgermeister Schneider noch der Sieger gemerkt, dass Kommissar Günda seinen Nachbarn beiseite genommen hatte und auf ihn einredete. Friedhelm Goos nickte energisch.
„Äh…"
Kommissar Günda signalisierte, er würde gerne das Wort ergreifen.
„Unsan Kommissaa möschte nadierlisch auch gratulieren. Biddesehr!"
„Äh, was annares. Moment. Isch heede mol gärnn ä Frooch on denn Siega."
„Bidde."
„Wie Sie vum Kafka-Weg kumme sin…"
„Kafka?"
„Die Sackgass."
„A, die. Ja?"
„Sin Sie reschts abgeborre."
„Jawoll."
„Donn links."
„Äh…"
„Donn widda links."
„Kann sei."
„Isch will bloß wisse, ob Sie sich an die Ruude[94] ghalde hawwe."
„Ruude? A, isch hab doch kä Ahnung ghabt, wu die is, die dabbisch Ruud."
„Net du, Ruth. Dea mähnt die anna."
Im Publikum gab es kurzzeitig Irritationen.
„Aha. Ähns noch. Sin Sie am Schluss die Thoomas-Mann-Strooß gfahre?"
„Äh… Welli issn des?"
„Die mescht soä Schleif."
„Ä Schleif?"

---

[94] Route

„Kuaf, long."
Kommissar Günda deutete die Streckenführung mit den Händen an.
„Un die geht donn uff de Aldi naus."
„Aldi?"
„Do heede Sie nauskumme misse."
„Beim Aldi?"
„Gönau. Sin Sie des?"
„Eigentlisch… net."
„Donn dud mas leid. Donn mussisch fa die Rennleidung leida vakläre[95]: Sie sin disqualifiziert."
„Hä? Des gibts jo net."
„De Owwaschiedsrischda sieht des genauso. Stimmts?"
Friedhelm Goos nickte zustimmend: „Wenn jeda äfach fährt, wiea will, kamma kä Renne mache, kä rischdisches!"

Währenddessen hatte sich Bernd Lipsky, der zuvor geknickt und eingefallen wirkte, zusehends gestrafft. Ein siegessicheres Grinsen machte sich auf seinem Gesicht breit.
„Deshalb kumme ma jetzat zu demm annare Fahra…"

Bernd Lipsky schickte sich gerade an, Uwe Schmidtke den Pokal aus der Hand zu nehmen, eher zu *ropfe*, als ihm Kommissar Günda Einhalt gebot: „Stopp. Langsoom. Sie hawwe sisch aa net on die Ruude ghalde. Isch hab Sie beobachdet. Im Stefan-Zweig-Weg."
„Wue? Wu soll isch gwest sei? Odda, odda, hä? Stefan-Zweig-Weg? Nie gheat."
„Im Stefan-Zweig-Weg, do is ä Grääwl[96]. Middeme Bäschl drin. Do geht ä Brick driwwa, Fußgängabrick. Do sin Sie druff. Stimmts?"

---

[95] erklären mit einem Zusatzkonsonanten
[96] kleiner Graben

Bernd Lipsky trieb es die Zornesröte ins Gesicht.
„Unne? Hä? Stöats disch, hä? Des is doch worscht! Odda? Hä, hä?"
„Eewe net. Des waa ä Abküazung. Dud ma leid, Sie sin aa disqualifiziat."
„Un jetzat?"
„Klara Fall: Wiedaholung!"
„Wie bidde?"
„Friedhelm, sach dei Sach!"
„Des gonze Renne misse mia widdahole. Mia maches grad nochmol."
„Wonn?"
„A, jetzat. Glei! Un los gehts!"
„Binnisch dabbisch, hä?"
„Wie sollen des gehe. Oohne misch!"

Es wurde still auf dem Marktplatz in Glickerbach. Die vehement ablehnende Haltung der beiden Radrenner sorgte für eine allgemeine Ratlosigkeit.
„Hea, un wea issn jetzat de Siega in demm Renne heit?"
Der Zuruf aus dem Publikum traf den allgemeinen Nerv. Dieser Punkt beschäftigte offenbar die meisten. Die Stimmen mehrten sich, gerieten durcheinander und kulminierten letztlich in der einen Frage: „Wea hot heit gewunne?"
„Klara Fall: kähna. Vun mia aus kenne ma aa saache: unentschiede."
„Rischdisch!", bestätigte Friedhelm Goos.
„Vun mia aus net!"
„Hea, des geht awwa net. Was issn donn mit meim Eisatz?"
„Bidde? Woomit? Hawwisch des eewe rischdisch gheat: *Eisatz*?"
In Kommissar Gündas Gegenfrage lag etwas Lauerndes.
„Was hawwe Sie grad gsacht? Was wärdd woomit? Hot des vleischt was mit Wedde zum du? Mit vabodene Wedde?"
Allgemeines Zurückrudern seitens der Glickerbacher.

„Äh, isch mähn bloß, mia hawwe uns jo all eigsetzt.“
„Stimmt.“
„Stimmt.“
„Gönau.“
„Rischdisch.“
„Folgendes. Sollte eina vun eisch gegen Rescht un Gesetz vastoße hawwe un illegal gewettet, wea des Radrenne heit gewinnt…“
Unruhe machte sich im Publikum breit.
„Vleischt inneme Lade, isch nenne koinen Namen, er fängt mit *Ka* an un heat mit *ruuscht* uff, dann kenne mia vun de Bollezei die Sach ausnahmsweis uff sisch beruhe losse, falls… Falls jeda des widda zurickkriggt, wassa bezahlt hot. Hawwe mia uns vastanne?“
Zustimmendes Gegrummel.
„Dann deed isch mol saache, Herr Bürgameischda, iwwanämme Sie die Sach widda!“
„Äh… Allo… Isch bedange misch, das war ein großer Tag für Glickerbach. Hier wurde heute Sportgeschischte geschrieben.“
„Falscha Text!“
„Stimmt. Tschuldischung! Leit! Äh… schääna Oowett!“

„Un was mache ma jetzat mit eisch zwee Kaschba?“

Bernd Lipsky und Uwe Schmidtke lagen auf Klappbetten im Zelt vom Roten Kreuz. Inmitten von Sauerstoffflaschen, Eisbeuteln und Wadenwickeln. Vor ihnen hatte sich Kommissar Günda aufgebaut, auch sein Assistent war in der Zwischenzeit dazugestoßen.

Kommissar Günda hakte nach: „Ia wollt des doch noch, des Renne. Die Entscheidung.“
„Äh…“
Die Antworten kamen etwas zögerlich.
„Hajo…“
„Allo! Wann mache mas? Mogge?“
Schmidtke versuchte es mit einem Gegenangebot: „Näckscht Woch?“
„Kannisch net. Die Woch druff is de Goos Ehregascht beim Sechstagerenne uff Breme. Donn sin Ferie… Mogge odda gaa net.“

Keine Reaktion. Kommissar Günda zweifelte am taktischen Kalkül der beiden, wer sich als erster äußerte. Aus seiner Sicht waren sie schlicht nicht mehr in der Lage, Laut zu geben.
„Odda isch kumm eisch entgeje: Wie wäas statz Radrenne mit Schach? Sudoku? Mau-Mau?“
Leises Stöhnen drang aus den Betten.
„Odda wie wären des: Mia bringe eisch hääm, donn legt ia eisch schää hie, losst eisch bissl pflege. Mia hawwe zwee Fissio[97]-Spezialischde organisiert, die kimmare sisch um eisch. Un donn – wischdisch, gonz wischdisch –, donn denkt ia mol bissl nooch, was des alles soll mit dem Renne, mit dem Duell, mit denne alde Kamelle!

---

[97] Physio

Seid froh, dass ia des heit heil iwwastanne habt, dass kähna hiegeblotzt[98] is. Denn wenn die alde Leit mol hieblotze, dann is manschmol glei mol zabbe. Ia wisst, wassisch mähn: äschda alles, äschda obariat, äschda gstorwe. Gradlierda!
Hawwe mia uns vastanne? Ia misst jetz nix saache!
Bloß nigge!"

[98] hingefallen

Die beiden Ermittler saßen zusammen im Roten Ochsen. Nicht im Nebenzimmer, in ihrer Sokodo, sondern zur Feier des Tages im Gastraum, jeder vor sich *än leggare Worschtsalat un ä schäänes Bierle.* Freese stand noch immer unter dem Eindruck des ewigen Wettkampfs.

„Man muss sich das mal vorstellen, wie lange das zwischen unseren beiden Radsportlern geschwelt hat. Fünfzig Jahre leben sie friedlich miteinander, arbeiten im Gemeinderat zusammen, feiern, trinken, reden, und dann genügt ein winziger Anlass, und alles bricht wieder hervor. Diese Rivalität bis zum Äußersten. Man kann nur hoffen, dass sie jetzt kuriert sind."

„Isch sach da ähns, Freese, wenn die nochmol oofange, dann miet isch denne die Radrennbahn in Owwahause, un donn mache mia Sechstagerenne mit denne zwee. Vierezwonzisch Stunde long. Bis Ruh is."

„Oberhausen? Das im Ruhrgebiet?"

„Nää, des bei uns, Rischdung Brusl, am Ealischsee."

„Und da gibt es tatsächlich eine Radrennbahn?"

„Des glaabsch awwa."

„Sie kennen sich ja wirklich richtig aus mit dem Thema. Wie lange sind Sie denn Radrennen gefahren?"

„Isch? Gaa net."

„Aber Sie haben denen doch erzählt, Sie sind mit diesem ehemaligen Radprofi gefahren, mit diesem…"

„Goos."

„Genau."

„Stimmt das etwa gar nicht?"

„Doch."

„Aber?"

„Kä Renne."

„Sondern? Tschief, nun lassen Sie sich nicht alles aus der Nase ziehen. Ist doch toll, dass Sie mal mit einem Weltklassespo[r]t[ler] trainiert haben."

„Alla guud. Folgendes: Des waa soä Benefiztour,

schun nimmie fa was. Fan guude Zweck halt. Do hawwe die de Goos gholt, weil denn jeda kennt. Dass viele mitfahre. Hawwisch eewe aa mitgemacht. Awwa unna uns, Freese, wies de äschde Buggl nuffgonge is, binnisch abgstieje. Hodda glacht, de Goos. Un isch aa. Seitdähm sin mia bissl befreundet."

„Tschief, Sie sind ein Fuchs."

„Mähnsch?"

„Na, unsere beiden Radler haben Sie jedenfalls schwer beeindruckt. Und dass Sie dann auch noch diesen ehemaligen Champion zum Rennen mitgebracht haben, raffiniert!"

„Manschmol muss ma halt bissl drickse. Isch hab denn nadierlisch voahea bissl inschdruiert, de Friedhelm, um was dasses geht. Dass mia die bissl fäddisch mache misse, die zwee, dass mia denne die Färzz im Härnn ausdreiwe. Zum Glick hot dea voll mitgspielt."

„Das war ja diesmal ein ganz spezieller Fall, den Sie da gelöst haben, Tschief. Kein Mord, kein Verbrechen. Aber Sie haben bestimmt verhindert, dass etwas Schlimmes passiert. Ich bewundere das. Wie Sie mit den beiden Kampfhähnen umgesprungen sind. Sie haben einfach den richtigen Ton getroffen. Und das nicht nur von der Sprache. Sie sind einfach glaubwürdig. Man merkt, Sie haben Lebenserfahrung. Dieses ganze elende Konkurrenzdenken zwischen Männern, dieses Gockelgehabe, dieser permanente Kampf, wer ist der Bessere, wer gewinnt, wer ist dem anderen überlegen, da stehen Sie einfach drüber. Da kann man viel von Ihnen lernen."

„Finsch?"

„Ja. Sie lassen sich letztlich nie aus der Ruhe bringen, oder?"

Wenn du wüschtsch, dachte Kommissar Günda. *Wie bleed dass isch misch oogstellt hab mit demm dabbische Emil.*

„Nänää", wiegelte er ab. „Des hawwisch aa äschda lärnne gemisst. Awwa isch glaab, jetz hawwischs druff."

„Ich wünschte, ich wäre auch schon so weit. Wie lernt man das?"

„Ach Gott…“ Kommissar Günda wollte das Thema gerne abschließen: „A, iiwe, iiwe, iiwe! Äh, was annares: Was meschtn eigentlisch die Muddi?“
„Die? Die habe ich auf eine Kreuzfahrt geschickt.“
„Kroizfahrt? Doi Muddi? Oh liewi Zeit! Heigl.“
„Ja, aber eine spezielle Kreuzfahrt, ganz auf sie zugeschnitten. Sie haben recht, bei Wiebke muss man immer vorsichtig sein. Als ich sie abgeholt habe, wollte ich sie gleich mal überraschen mit dem nächsten Spitzen-Event: Am nächsten Wochenende feiern sie in Mannheim Oktoberfest.“
„Ogdobafescht? Jetzat? Im Summa?“
„Das ist ja gerade der Witz. Wissen Sie, was Wiebke gesagt hat?“
„Isch kann mas denge.“
„Ehrlich? Los, raten Sie, was hat sie auf meine Idee mit dem Oktoberfest gesagt?“
„Nua üba meine Leische.“
„Fantastisch, Tschief. Stimmt. Wörtlich. Wie machen Sie das? Diese Menschenkenntnis. Sie werden immer besser.“
„Hajo“, rief Marion Helche vom Tresen. „De Tschief, dea kanns net nua mit de Männas, dea kanns aa mit de Fraue. Gell, Tschief?“
„Mit mansche, Marioon. Net mit allene.“
Freese schaute irritiert.
„Des vakläre mia dia annamol.“
„Awwa des hot Zeit. Wie alles annare aa. Gell, Tschief?“
Sie zwinkerte ihm verschwörerisch zu. Er legte den Kopf schief und nickte bedächtig.
„Ibbrigenz, jetz heedischs halwa vagesse: Sie hawwe Poscht.“
„Hä?“
„Vun Ballien. Da!“

Eine Postkarte! Kommissar Günda besah sich die Vorderseite mit dem Brandenburger Tor. Dann entdeckte er auf der Rückseite die knappe Botschaft: *Na, Meesta? Man sieht sich, wa?*

Nein. Es war noch nicht zu Ende.

Mein Dank gilt Helga Föll für die ständige Ermutigung und einen goldenen Tipp.

Ich bedanke mich bei Claudia Verclas, die mit großer Umsicht, Akribie und profunder Kurpfälzer Dialektkenntnis meinen Text überprüft hat.

Und ich danke meiner Grafikerin Bettina Gantert, die meine Vorstellungen stets perfekt umsetzt. Manchmal sogar, bevor ich sie entwickelt habe.

www.arnim-toepel.de

Gestaltung: Bettina Gantert, Mannheim
Fotos: Vitus Töpel, Arnim Töpel
Druck: CPI Clausen & Bosse

ISBN 978-3-9817294-8-1

Von Arnim Töpel bisher erschienen:

De Schorle-Peda

ISBN 978-3-9812773-8-8

Auch als mp3-Hörbuch

Muffzekopp

ISBN 978-3-9812773-9-5

Auch als mp3-Hörbuch

Die Luddarisch Brick

ISBN 978-3-9817294-1-2

Auch als mp3-Hörbuch

Fagrumbelung

ISBN 978-3-9817294-3-6

Auch als mp3-Hörbuch

Isch, de Krutze

ISBN 978-3-9817294-4-3

GÜNTER HARITZ
Aus dem Leben eines Radsportbesessenen
ISBN: 978-3-9817294-5-0